중학생
여러분

중학생 여러분

초판 1쇄 발행 | 2008년 6월 30일
9쇄 발행 | 2019년 5월 25일
지은이 | 이상운
펴낸이 | 최윤정
펴낸곳 | 바람의 아이들
만든이 | 최문정 이창섭 이민영 양태종 이소희
제조국 | 한국
구독연령 | 11세 이상
등록 | 2003년 7월 11일(제312-2003-38호)
주소 | 04001 서울시 마포구 동교로 17안길 43-4
전화 | (02)3142-0495 팩스 | (02)3142-0494
이메일 | windchild04@hanmail.net

ⓒ 이상운 2008

www.barambooks.net

ISBN 978-89-90878-63-2 43860
978-89-90878-04-5 (세트)

중학생 여러분

이상운 지음

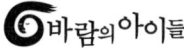
바람의아이들

사랑을 담아 건희에게
네 시를 공짜로 쓰게 해 줘서 고마워

차례

내가 왜 그랬지? ·············· 9

목련 지도 ·············· 37

센티멘털 준호 ·············· 67

긴 머리 소년 ·············· 97

모두 다 별 ·············· 125

작가의 말 ·············· 151

내가 왜 그랬지?

어쩌면 너도 그랬을 것 같은데, '선행'이라는 말이 들려온 순간 난 에이씨, 하고 욕을 할 뻔했어. 조느라고 선생님 말씀을 제대로 알아듣지 못했거든. 뭐, 졸 수밖에 없었어. 때는 푹푹 찌는 7월 중순인데 교실엔 돌다 말다 하는, 다 죽어 가는 선풍기 두 대뿐이었으니까. 아니, 그러고 보니 졸았던 게 아니라 더위에 정신을 잃었던 것인지도 모르겠네.

아마 다 그랬을 거야. 모두들 졸거나 정신이 오락가락하거나 해서 그나마 내가 유일하게 선생님 말씀을 들었을 거야. 난 어쩔 수 없이 눈꺼풀을 덮고 있어야 할 때도 최소한 귀로는 선생님 말씀을 들어 드리려고 무진장 애를 쓰는 애니 말이야.

하여간 선행이라는 말이 들려온 순간 난 에이씨, 하고 욕을 할 뻔했어. 왜 그랬느냐 하면 나의 뇌가 선행이라는 말을, 듣기만 해도 짜증 나고, 너도 무지 싫어할 게 틀림없는 선행 학습과 연결시켜 버렸거든. 미리 미리 고등학교 교과 과정을 공부해 둬라 어째라, 라는 소리라고 짐작했던 거지. 졸면서, 자동적으로!

그런데 정신을 차리고 선생님 말씀을 몇 마디 더 들어 보니 그게 아니었어. 선생님이 말한 선행은 내가 잘못 들은 선행(先行)이 아니고 '선' 자를 길게 발음하는 선행(善行)이었어. 착한 행동 말이야. 못된 행동, 즉 악행(惡行)의 반대, 그러니까 착한 짓.

그럼 그렇지, 하며 난 안도의 한숨을 푹 내쉬었어. 내가 존경해 마지않는 국어 선생님께서 선행 학습 같은 말을 입에 올리실 리가 없지, 하고. 전혀 졸지 않았다는 듯이 약간 웃기까지 하면서.

하지만 그런 다음 정말 정신을 완전히 차리고 나니 이번엔 다른 이유에서 이게 뭐야 싶었어. 에이씨, 하고 욕을 하고 싶은 정도는 아니었지만 정말이지 이게 뭐야 싶었다고.

선생님의 말씀인즉, 요약하자면 이런 것이었거든.

'여름방학 동안 선행을 하나 하고 그 일을 가지고 원고지 15매의 작문을 하여 제출할 것!'

"무슨 일이든 좋아."

선생님이 말했어.

"단, 왜 그게 선행이라고 생각하는지 논리적 근거를 분명히 제시해야 해."

선생님은 손수건으로 얼굴의 땀을 쓱쓱 닦고는 잠과 더위의 공격으로 멍해져 있는 우리를 바라보았어.

"중학생으로 맞는 마지막 여름방학이니 추억을 하나 만들어 봐."

선생님이 다시 말했어, 살짝 웃으면서.

그러자 그제야 무슨 일이 벌어지고 있는지 알아차린 아이들이, 나보다 최소한 일 초는 늦게 정신을 차린 주제에 자기들 멋대로 나보다 먼저 선생님을 향하여 "우우" 하고 불만을 표시했어. 그게 뭐예요, 선생님, 하고 말이야.

아니, 이것들이 싫었지만, 뭐, 어쩌겠어, 한 발 늦긴 했지만 단지 일 초였으니까 나도 잽싸게 따라붙으며 선생님을 향하여 "우우" 하고 소리를 냈어. 착한 짓으로 추억을 만들라니, 도대체 그게 뭐냔 말이야. 우리가 뭐 유치원생이냐고, 앙?

뭐, 어쨌든 방학이니 좋았어. 기뻤다고, 날아갈 듯이. 사실 방학이야말로 학교가 내게 베풀어 주는 최고의 착한 짓이니까. 너에게도 그렇겠지만.

난 방학을 하고 나서 일주일 동안은 매일 두세 번쯤 그걸 생각했어, 그 못된 선행이라는 놈을. 자, 그럼 오늘 착한 짓을 하나 해 볼까, 라거나, 도대체 착한 짓을 할 만한 게 어디에 있지, 하고.

그렇게 이런저런 궁리를 하다 보니 엄마를 위해서 이벤트를 꾸미는 것도 괜찮을 것 같았어. 예컨대, 이런 식으로 말이야.

먼저 엄마가 감탄할 만한 근사한 레스토랑을 몰래 예약해 두는 거야. 그래서 생일날 저녁이 되면 아무도 자기 생일을 알아주지 않는다고 울적해하는 엄마를 태우러 리무진이 오는 거지.

"어머, 무슨 일이에요?"

깜짝 놀란 엄마가 이렇게 물으면 잘 차려입고, 예의 바르며, 머리가 허연 기사가 고개를 숙이며 말하겠지?

"부인, 일단 가 보시면 압니다. 어서 타시지요."

"어머머, 알았어요, 잠깐만 기다려요."

그런 다음 엄마는 세수를 하고 화장을 하는 거야. 그리고 이 옷 저 옷 꺼내서 입어 보느라고 최소한 세 시간은 끈 다음 예쁘게 차려입고 차에 타겠지? 그래서 나의 지시에 따라 그 레스토랑의 제일 좋은 자리에서 미리 기다리고 있던 아빠가 지쳐서 잠들어 버리겠지? 하지만 아빠는 엄마가 도착하기 직전, 사나운 개에게 쫓기다가 엉덩이를 물리고는 번쩍 정신을 차리고, 결국 두 사람은 행복한 저녁 시간을 보내게 될 거야. 그런데……

'그런데?'

'응. 그런데, 도대체 무슨 돈으로 이 말도 안 되는 이벤트를 하지?'

'그야 아빠 돈으로 해야지.'

'하지만 그러고도 착한 짓이라고 할 수 있겠어?'

'음…… 아마 못하겠지?'

'그래.'

'맞아.'

뭐, 그리고 끝이었지.

그러니까, 내가 말하고 싶은 것은 내가 그런 식으로 열심히 노력했다는 거야. 뭔가가 떠오르면 그 즉시 그걸 내가 할 수 있는 착한 짓과 연결해서 생각해 보았다고. 존경하는 국어 선생님을 내가 꽤 좋아하는 편이어서 그 숙제는 방학 초반에 가장 먼저 해 놓아야겠다고 마음먹고 있었거든.

인터넷에서 '착한 글래머' 어쩌고저쩌고하는 말이 붙은 잘빠진 여자들의 사진을 보았을 때는 이런 생각도 했어. 평소 그런 걸 볼 때는 별 생각이 없었는데, 역시 국어 선생님이 내주신 그 못된 숙제 때문에 생각이 많아졌던 거야.

'여자의 예쁜 몸매가 착한 거라면 남자의 근육질 몸매도 착한 거겠지? 그렇다면 내가 방학 중에 운동을 해서 멋진 근육을 만들면 나도 착한 몸이 되는 것이고, 따라서 내 몸을 그렇게 만든 바로

내가 착한 짓을 한 게 되겠지?'

그러자 내 속의 또 다른 내가 말하더군.

'하지만 넌 운동 안 할 거잖아, 그렇지?'

'응!'

뭐, 역시 그러고는 끝이었지.

사실, 애초에 그건 말이 안 되는 소리야. 예쁘고 잘빠진 여자의 몸매가 착한 것이라면 그저 그런 몸매는 악한 거야? 이게 말이 되는 거냐고. 하여간에 가끔 보면 기자 아저씨들, 정말 바보 같다니까. 저런 멍텅구리 같은 소리를 태연하게 해 대고 있으니, 안 그래?

그런데 말이야, 그건 그렇다 치고, 문제는 다른 데 있어. 방학이 시작되면서 일주일간 계속해서 그렇게 저렇게 고민을 했던 내가 불가사의하게도 일주일 뒤 엄마 아빠랑 동해 바다에 다녀오면서 그만 그걸 새까맣게 잊어버렸다는 거야. 방학이 끝나갈 때까지 새까맣게, 영영, 선생님께 정말 죄송하게도.

여름방학이 끝나기 며칠 전에야 난 그런 숙제가 있다는 걸 기억해 냈어. 어이쿠, 싶었지. 어쩌겠어, 연습장을 펴 놓고 나도 모르게 내가 저지른 착한 짓을 찾아내려고 기억을 더듬으며 머리를 쥐어짰지.

하지만 아무것도 없었어. 아무것도. 자꾸 생각하다 보니 방학이 있긴 있었나 싶더군. 그러면서 볼펜만 신나게 돌리는 것으로 끝났지. 정말, 내가 행한 착한 짓이 하나도 없단 말이야, 라는 생각에 맥이 빠지기도 했고.

우리 학교 독서왕이자 시화전 단골 시인이고 미래의 작가인 내 친구 혜리한테 얘기해 볼까, 라는 생각이 들었지만, 그 생각이 떠오른 바로 그 순간에 마음을 접어 버렸어. 혜리는 도움을 줄 수 있는 확실한 실력을 갖춘 애야. 걔는 네가 들어보지도 못했을—나도 혜리가 얘기해 주기 전엔 몰랐어—『대머리 여가수』니 『성난 얼굴로 돌아보라』 같은 희곡도 마치 맛있는 음식을 먹어 치우듯이 읽어 대는 애니 말이야.

하지만 걘 가끔 좀 신경질적으로 따지는 애야. 그건 네가 직접 해야 의미가 있는 거야 바보야, 하고 핀잔을 줄 게 틀림없어. 뭐, 맞는 말이긴 하지. 내가 한 선행을 가지고 내 생각대로 내 스타일로 작문을 해야 하는 거니까. 그러니까 혜리한테 얘기하는 건 '불가!' 라고.

뭐, 그러고 나니까 가짜로 하나 쓸까, 라는 유혹이 다가오더군. 필요한 게 없으면 훔쳐서라도 가지려는 게 본능인가 봐. 너도 그렇지? 난 별로 그런 편은 아니지만, 하여간 그래서 이런 걸 생각했어.

어느 날 밤이야. 개고기를 팔다가 망해서 비어 있는 동네 가게에서 깡패 고등학생 세 명이 우리 옆집에 사는 초등학교 1학년 아이를 위협하고 있어. 돈을 내놓으라고. 어른들이 지나가고 있었지만 모두들 외면하고 말지. 그래서 내가 나서는 거야. 하필이면 그때 그곳을 지나치다가 그 꼴을 보고 말았으니까. 난 지독한 평화주의자이지만 정의를 위해서 불가피하게 두 주먹을 불끈 쥐고…… 중략…… 이러고저러고 하여 아이들을 구출해. 그러자 온 동네에 소문이 퍼지더니 지구대 대장이 피자 한 판을 사들고 찾아와서 머리를 조아리며 나에게 감사패를 주더군. 뭐, 기분 좋았지.

어때? 이런 일이라면 이게 왜 착한 짓인지 논리적 근거를 대고 말고 할 필요도 없을 게 아니냐고, 앙?

그래서 이걸 가지고 작문을 했느냐? 쳇, 내가 그럴 리가 있겠어? 절대로 아니지. 생각 좀 해 봐. 수업 시간에 선생님이 좋아하는 낭독을 하면 아이들이 말도 안 되는 '구라'라고 난리법석일 것이고, 선생님도 의심할 것이고, 결과적으로 내가 하수 거짓말쟁이가 될 게 뻔한데 왜 그런 바보짓을 하겠느냐고, 왜?

저녁이 되자 머리가 지끈지끈 아팠어. 하루 종일 그 못된 놈의 착한 짓을 물고 늘어진 탓이었지. 식탁에 앉아서 만족스런 표정으로 식사를 하고 있는 엄마 아빠를 보고 있으려니까 이런 궤변까지 막 떠올랐어.

'내가 매일 세 끼 밥을 꼬박꼬박 챙겨 먹어서 굶어 죽지 않고 계속 살아 있다는 게 엄마 아빠에게는 나의 어마어마한 선행이 아닐까? 방학 내내 단 한 번도 숨쉬기를 거부하지 않았다는 것도 엄마 아빠에게는 나의 어마어마한 선행이 아닐까?'

하지만 난 절대로 이렇게 묻지 않았어.

"아니야, 엄마 아빠?"

다행스럽게도 내 속의 또 다른 내가 긴급 경고를 발했거든.

'야, 정신 차려, 인마!'

난 지끈지끈 아픈 내 머리를 엄마 아빠가 알아차리지 못하게 슬쩍 쥐어박았어. 그러면서 이쯤에서 더 이상 말도 안 되는 공상과 망상으로 추태를 부리지 말고 당당하게 숙제를 포기하자고 결단을 내렸지. 정정당당하게—그러니까 더 이상 머리 아프지 않게—포기하자! 포기하고 편해지자!

다음 날이었어. 간밤에 운명하신 스탠드의 전구를 사러 할인마트에 가는 길에 마늘 까는 할머니를 봤어. 구질구질한 하천을 사이에 두고 양쪽에 자리 잡은 우리 아파트 단지와 할인마트를 연결하는 다리 위에서였지. 그 다리에는 언제나 음료수, 아이스크림,

어묵, 솜사탕, 셔츠, 청바지, 봉제인형 따위를 파는 노점이 줄지어 있어. 하지만 마늘을 까서 파는 할머니는 처음 보았지.

할머니는 현장에서 직접 까면서 그걸 팔고 있더군. 내가 지나칠 때 할머니는 막 햇빛을 가리기 위해 작은 파라솔, 이라기보다도 큰 우산이라고 해야 할 것을 펼치려 하고 있었어. 힘들어 보여서 무심결에 도와 드렸지. 그랬더니 환하게 웃었는데, 그때 갑자기 할머니가 몹시 불쌍해 보이는 거야. 허름한 옷차림과 쪼글쪼글한 얼굴, 그리고 시골집에서 보았던 콩기름을 먹인 오래된 장판 같은 피부 따위가 하나하나 눈에 들어오면서.

몇 초 뒤엔 초등학교 2학년 때 돌아가신 할머니가 생각났어. 자주 만나지도 못했고, 내가 한참 어릴 때 돌아가셨으니까 함께한 시간은 얼마 되지 않지만 절대로 잊을 수 없는 분이지. 왜냐하면 내가 네 살인가 다섯 살 때, 시골에 있는 할머니 집의 재래식 화장실에 빠진 나를 건져 내어 깨끗이 씻어 주신 분이거든.

그래, 맞아. 내가 똥통에 빠졌다고!
이 사람 저 사람 달려들어서 앵앵 우는 나를 물로 씻고 난리였지. 엄마는 똥을 삼킨 게 틀림없다며 당장 병원에 데려가야 한다고 큰 소리를 질러 댔고.

하지만 다른 사람들은 다들 웃고 있었어, 큰아버지 댁 식구들 말이야. 그중에서도 할머니가 제일 크게 웃었던 것 같아. 내 기억에 또렷이 남아 있어. 웃으면서 나를 씻어 주셨지. 맨손으로 내 몸에 묻은 똥을 샅샅이 훑어 내고 물을 끼얹고 여러 번 비누칠을 한 다음, 할머니는 수건으로 나를 감싸서 꼭 끌어안으며 말했어.

"현서야. 넌 똥통에 빠졌으니 나중에 아주 아주 큰 부자가 될 거야."

뭐, 그래서 울음을 뚝 그쳤지. 아주 아주 큰 부자가 된다니까.

하여간, 난 까만 우산 앞에 서서 머뭇거렸어. 돌아가신 할머니가 생각나면서 갑자기 내가 해 드려야 할 일이 뭔가 더 있다는 느낌에 사로잡혔거든. 하지만 그게 뭔지는 알 수 없었어. 까야 할 마늘 더미며, 조그만 소쿠리들, 종이 상자와 비닐봉지 따위가 이미 가지런히 잘 정리되어 있어서 내가 거들어 드릴 만한 게 보이지 않았으니까.

그래서 어쩐지 가시지 않는 아쉬움을 달래려고 '학생 고마워, 이거 하나 먹어' 하며 할머니가 깐 마늘 하나를 내 입에 넣어 주는 장면을 상상하고 있는데, 정말로 할머니가 헤헤 웃으며 깐 마늘을 하나도 아니고 세 쪽이나 내 입에 넣어 주었어, 라고 하면 거짓말이고 실제로는 아무 일도 일어나지 않았어. 할머니는 나를 잊어버린 듯 다시 마늘을 까고 있었어.

그새 깐 마늘을 넣은 작은 봉지가 두 개 만들어져 있더군. 난 그 옆의 종이상자에 가득한 까야 할 마늘 더미를 바라보다가, 할머니의 무심한 얼굴을 바라보다가, 파라솔, 이라고는 도저히 봐줄 수 없는 몹시 큰 검은 우산에 쓰여 있는 '라스베가스'라는 시뻘건 글자를 보면서 아줌마 아저씨들이 춤추고 논다는 카바레 같은 것일까, 라고 생각하다가 마침내 인사를 하고 돌아설 수밖에 없었어.

다리 위로 많은 사람들이 오가고 있더군. 속이 뒤틀려서 앵앵거리는 아기들도 많았고. 하지만 다리를 건너가서 할머니를 지켜본 삼 분 동안 깐 마늘을 사는 사람은 아무도 없었어. 코앞에 대형 할인마트가 있으니 당연한 일이지. 그래도 할머니는 둥근 금속아치가 무지개처럼 시작되는 다리 난간 앞에 앉아서 즐거운 듯 마늘을 까고 있었어.

난 한 사람쯤 깐 마늘을 사는 사람이 나타나기를 기다리며 좀 더 서 있다가 결국 단념하고 시원한 매장 안으로 들어갔어. 그리고 전구를 산 뒤 한 시간이나 이곳저곳 곰처럼 어슬렁거렸어. 그러자 슬슬 배가 고프기 시작했는데, 그때 다시 마늘 까는 할머니가 생각났어. 그리고 지금쯤 한 봉지 팔았을까, 라는 궁금증이 일었는데, 바로 그때야.

그 순간 파팟, 하고 머릿속에서 무지갯빛 불꽃이 터졌어. 한참 뒤늦게야 내가 뭘 해야 하는지를 깨달았던 거지. 넌 그게 뭔지 알겠어? 그래, 바로 내가 고대해 마지않던 착한 짓이야, 착한 짓!

난 혹시 가 버리고 없는 게 아닐까 초조해하며 서둘러 다리로 갔어. 아, 행복하게도 할머니는 여전히 라스베가스 우산 아래에서 마늘을 까고 있었어. 앞뒤 재고 말고 할 것도 없었지.

난 봉지 봉지 담긴 채 쌓여 있는 탐스런 상앗빛 마늘을 보며 할머니에게 말했어.

"할머니, 마늘 좀 주세요."

할머니가 쳐다보더군. 반가워하는 눈빛을 보니 개시가 분명했어.

난 지갑에 든 돈을 모두 꺼내 할머니에게 내밀며 다시 말했어.

"이 돈만큼 다 주세요."

그리고는 놀라서 두 눈이 탁구공처럼 부풀어 오른 할머니에게 의기양양하게 덧붙였지.

"안 깐 것도 괜찮아요."

할머니는 다소 어리둥절하고 한편으로는 조금 난처한 듯한 표정으로 내가 내민 돈을 바라보았어.

"농담 아니에요, 할머니."

난 재촉했어.

"어서 담아 주세요, 할머니."

그러자 마침내 할머니는 까만 대형 비닐봉지 두 개에 깐 마늘 모두와 안 깐 마늘을 담기 시작했어. 할머니가 가진 마늘의 3/4쯤 되었던 것 같아. 난 남아 있는 안 깐 마늘을 봉지에 담긴 깐마늘과 바꿔 놓는 것으로 나의 착한 짓을 마무리했어. 그렇게 하면 할머니가 남은 마늘을 힘들게 깔 필요가 없을 거라고 생각했던 거지.

뭐, 내가 기대했던 것만큼 할머니가 기뻐하는 것 같지는 않았어. 하지만 사람마다 감정을 드러내는 모습이 다르지 않겠어? 난 할머니가 과묵하고 조용한 성격이어서 그럴 거라고 생각했어. 사실 내 기분에 도취되어 할머니의 그런 모습에는 별로 신경도 쓰지 않았지만.

집으로 오면서 난 오히려 엄마가 뭐라 하지 않을까 걱정했어. 하지만 나의 걱정은 그야말로 기우였어. 내 양손에 들린 마늘 봉지를 보고 처음엔 눈이 휘둥그레졌으나 내가 자초지종을 설명하자 야단을 치기는커녕 칭찬하기 바빴다고.

"아이고, 우리 현서가 기특하기도 하지."

어쩌고저쩌고, 등등.

엄마는 이런 말도 했어.

"와, 우리 착한 현서 덕에 그 할머니 횡재했네."

역시 내가 제대로 한 건 한 게 분명했어. 방학 동안 꼬박꼬박

점심을 챙겨 주는 게 힘들었던지 은근히 귀찮아하던 엄마가 그렇게 기뻐했으니! 게다가 쉬는 토요일이라 아침을 먹은 뒤 다시 쿨쿨 자고 계시던 아빠까지 일어나 엄마의 칭찬 소동에 합세했으니!

난 속으로 만세를 불렀어. 내가 한 일이 의심의 여지가 없는 완벽한 착한 짓이었다는 걸 알 수 있었으니까.

솔직히 난 조금 거만해지기까지 해서 속으로 말했어, 우리 반 못된 녀석들에게.

'야, 이 자식들아. 선행을 하려면 적어도 이 정도 수준은 되어야지, 앙?'

그런 다음 아빠로부터 용돈을 다시 받고 특별상으로 웃돈까지 받고 보니 할머니에게 달려가서 뽀뽀라도 해 드리고 싶었어. 할머니가 좀 무뚝뚝한 분이어서 내가 기대한 것처럼 크게 기뻐하지 않았다는 게 아쉬웠지만, 뭐, 작문을 할 때는 두 눈에 눈물이 그렁그렁 맺힐 정도로 할머니가 굉장히 기뻐하셨다, 라고 쓰면 되니까. 그 정도 거짓말은 해도 되지 않겠어?

그런데 말이야. 너도 잘 알겠지만, 문제는 항상 이런 식으로 정체를 드러내. 그런데, 라거나, 그러나, 라고. 그러니까 다음과 같이.

그런데 바로 오늘이었어. 아침을 먹고 이제 슬슬 작문 숙제를 해 볼까, 하고 폼을 잡고 있는데 준호에게서 전화가 왔어. 함께 영화를 보자고. 그것도 자기가 보여 주겠다고.

'헐. 이 녀석이 웬일이지?'

난 순간적으로, 내가 할머니에게 행한 착한 짓의 보상을 받는구나, 하고 생각했어. 준호 녀석은 내가 그런 훌륭한 일을 했다는 걸 전혀 모르겠지만 하늘은 다 아실 테니 말이야. 그래야 '하늘'이라고 불릴 만한 거 아니겠어?

하지만 바로 다음 순간 의심도 되었어. 고놈은 자기가 한턱을 내면 반드시 대가를 요구하는 놈이거든. 그것도 내 쪽에서 까맣게 잊고 있을 때쯤 해서 그 일을 꺼내는 방식으로.

'야, 정현서. 그때 내가 너한테 그렇게 저렇게 해 줬으니까 이번엔 네가 이렇게 저렇게 해 줘. 그래야 공평하지. 세상에 공짜는 없는 거야, 자식아. 어쩌고저쩌고.'

그렇다면 이번에도 틀림없이 무슨 꿍꿍이가 있을 텐데, 그게 뭘까? 난 잠시 생각해 봤어. 하지만 알 수 없었어. 뭐, 당연한 일이지. 하늘도 아닌 내가 그걸 어떻게 알 수 있겠냐고. 말했다시피 녀석은 일단 시간이 좀 흐른 다음 그 일을 꺼내어 들이대는 방식을 고수하는 놈인데.

뭐, 그래서 에라 모르겠다, 하고 결단을 내렸어. 공짜로 영화를 보여 주겠다니—너도 공짜 좋아하지?—나중에 내 목숨이 위태로

워질지언정 일단 보아야 하지 않겠어?

난 찜찜한 마음을 내팽개치고 얼른 뛰어나가 녀석을 만났어.

"야, 봉준호. 웬일이냐? 방학 동안 땀 흘리면서 개과천선했나?"

내가 묻자 녀석이 대답했어.

"어, 아빠 친구 분이 놀러 오셨다가 용돈을 주셨거든."

"그냥 그거야?"

"응. 영화 혼자 보면 재미없잖아."

"그건 그렇지."

"야, 어서 가자."

"그래."

우리는 할인마트 지하에 있는 극장으로 갔어. 다리를 지나가는데 마늘 까는 할머니가 생각나더군. 하지만 이른 시각이라 할머니는 보이지 않았어. 대신 이런저런 생각이 한꺼번에 뇌리를 스치고 지나갔어.

'어제는 언제 집으로 가셨을까? 남은 마늘은 다 파셨을까? 집에 가서 누군가에게, 그러니까 내 또래 손자나 손녀에게 내 얘기를 하면서 고마워하지 않았을까? 오늘 또 나오실까? 혹시 똥통에 빠진 어린 손자를 씻어 주신 적이 있을까?'

등등.

준호와 나는 〈악당들〉이라는 영화를 보았어. 이런 내용이었지. 미국식 패스트푸드를 너무 먹어서 인 과다섭취로 흥분한 일단의 악당들이 한강 시민공원을 점령하고 행패를 부리는데, 바보 같은 어른들이 엉터리 회의만 하고 있는 동안 똥거름유기농토종음식동아리 '똥통'의 청소년들이 악당들을 제압하고 한강을 시민들에게 돌려준다, 얏호!

뭐, 그럭저럭 재미있었어. 특히 악당들의 행패가 볼 만했어. 그중에서도 아무 데서나 옷을 벗고 이상한 춤을 추는 여자 악당이 봐 줄 만했지. 음, 스타일이 삼삼했어.

그런데 말이야. 바로 이번 '그런데'가 결정적인 '그런데'야. 드디어 어쩐지 찜찜했던 알 수 없는 그 뭔가가 정체를 드러냈어.

영화를 보고 나서였지. 무슨 이유인지 또 한턱내겠다며 준호가 사 준 햄버거와 콜라를 맛있게 먹었는데, 그 음식 때문이었는지 영화에서 본 발가벗은 여자 악당의 기억 때문이었는지, 난 바로 그 악당들처럼 엄청 흥분해 버렸어. 준호가 여동생에게 준다면서 작은 봉제 곰 인형을 산 뒤, 쇳덩어리 아치 아래 펼쳐진 라스베가스 우산을 보았을 때야.

'얏호, 할머니다!'

흥분한 난 속으로 외쳤어. 그러면서 뭔가에 떠밀린 것처럼 거칠게 준호를 잡아끌었어. 정말로 개과천선했는지, 아니면 나중에 나한테 무슨 수작을 부리려고 작전을 수행 중인지 알 수 없는 이 준호라는 놈에게 내가 어떻게 착한 짓을 하는지 보여 주자는 열망에 휩싸였던 거야.

"야, 지금부터 넌 내 증인이야."

난 녀석에게 말했어.

"웬 증인? 뭐야?"

"입 닫고 그냥 보기나 해!"

그런 다음 난 내 착한 짓의 증인으로 선택받은 준호를 옆에 세워 놓고 할머니에게 씩씩하게 인사를 했어. 할머니가 나를 알아보고 환한 얼굴로 반겨 주더군. 하지만 그 환한 웃음에 뒤이어 곧 벼락이 치기 시작했어.

"할머니, 이거 다 주세요."

내가 이렇게 말한 순간부터야.

갑자기 할머니가 여자 악당으로 바뀌어 버렸어. 벌떡 일어서서 훌훌 옷을 벗은 다음 마구 춤을 췄다, 라고 하면 거짓말이고, 그게 아니라, 환하게 웃음 짓고 있던 온화한 얼굴이 갑자기 몰려든 먹구름에 뒤덮이며 험하고 무서운 '할망구'가 되어 버렸다는 말이야.

내 생각은, 아니 생각이라기보다 순간적으로 극도의 흥분 상태에 빠져서, 할머니 앞에 놓여 있는 깐 마늘 안 깐 마늘을 몽땅 사 버리겠다는 것이었어. 새로 받은 용돈과 상으로 받은 웃돈까지 더하면 마늘을 다 살 수 있을 것 같았으니까.

솔직히 말해서 돈을 모두 내놓으려니 아까웠어. 그래서 좀 멈칫거렸어. 머릿속으로 엄마 아빠가 한 번쯤 더 나의 착한 짓을 칭찬해 주고 보상해 주지 않을까, 하는 치사한 계산도 하는 한편, 무슨 영문인지 순식간에 악당의 얼굴이 된 할머니를 보며 불길한 예감에 사로잡힌 채 말이야.

난 그렇게 마음과 머리가 어수선한 상태에서 검은 비닐봉지를 집었어. 그러자 할머니가 마치 파리채를 휘두르는 것처럼 손을 뻗어 내게서 비닐봉지를 빼앗아 버리지 않겠어? 그러고는 흠칫 놀라서 어쩔 줄 모르고 엉거주춤 쪼그린 채 얼어붙은 내게 날카롭고 단호한 음성으로 말했어.

"안 팔아!"

할머니는 나와 눈도 마주치지 않았어.

난감하더군. 계속 그 자세로 가만히 있는 것도 그렇고, 그냥 일어서기도 그랬으니까. 그래서 여전히 쪼그려 앉은 채 슬며시 고개를 돌리니까 나와 눈이 마주친 준호가 살짝 웃으며 서양 애들처럼 어깨를 으쓱했어. 마치 약을 올리는 것처럼.

난 다시 흥분하기 시작했어.

"필요해서 그러는데요, 할머니."

내가 말하자 새 마늘 한 통을 집어 쪼개기 시작한 할머니가 대꾸했어.

"그럼 저기 가서 사."

'저기'는 물론 할인마트였지.

"에이, 그러지 마시고 몽땅 주세요. 할머니."

난 다시 도전해 보았어.

"그럼 할머니도 편하시잖아요."

할머니가 고개를 가로저었어. 그 모습을 본 난 한편으로는 휴, 아까운 돈을 건졌다, 다행이다, 하고 안도하면서, 다른 한편으로는 몽땅 사겠다는데 왜 안 팔겠다는 거냐 싶어 불쾌했고, 또 다른 한편으로는 십 초쯤 뒤에 슬그머니 일어서야지, 하고 생각했어. 그러다가 삼 초 뒤에 라스베가스 우산 쪽으로 비켜선 준호가 나를 보고 헤벌쭉 웃는 걸 보고는 또다시 흥분하며 도전하고 말았어.

"할머니. 저기……"

그러나 내가 입을 연 순간 할머니가 내 말을 자르며 외쳤어.

"아, 그만둬! 썩 꺼져!"

휴, 얼마나 놀랐는지 난 거의 까무러칠 뻔했어. 다행히 까무러치지는 않았지만 흠칫하며 엉덩방아를 찧고 말았지. 그러고는 잠시 멍하니 있다가 마침내 정신을 차리고 일어섰어. 그런 다음 잔칫집에서 쫓겨난 거지처럼 슬금슬금 걸음을 옮기기 시작했어. 무섭고, 창피하고, 서럽고, 화도 나는 이상한 감정 상태로—이런 걸 한 번에 표현할 수 있는 단어는 없는 거야?—말이야.

난 한 걸음 한 걸음 옮기며 속으로 물었어.

'뭐야 이게? 어떻게 된 거지?'

줄곧 물었지만 알 수 없었어.

"어떻게 된 거야?"

졸졸 따라오던 준호가 묻더군. 녀석은 주제 파악이 안 된다는, 그러나 내가 난처해진 게 즐겁다는 얼굴이었어. 나야 뭐, 무슨 말을 해야 할지 몰라서 입을 다물고 있었지.

녀석이 다시 말했어.

"하여간 난 증언할 수 있어. 내 두 눈으로 똑똑히 보고 두 귀로 똑똑히 들었으니까."

고놈은 내가 바보처럼 얼이 빠진 게 즐거웠던 거야.

터덜터덜 걷던 난 다리 끝에 다다라 걸음을 멈추고 난간에 기댔어. 당혹감이 가라앉으면서 화가 치밀어 오르기 시작하더군.

'자자, 정현서. 생각하자. 생각하자.'

난 나를 격려하면서 속으로 말했어.

'뭐야, 내가 뭘 잘못한 거지? 할머니 자존심을 건드린 거야? 동정을 받기 싫다는 거야, 뭐야?'

문득, 실실 웃고 있는 준호를 패고 싶었어. 이놈이 〈악당들〉을 보자고 하지 않았으면 이런 일을 당하지 않았을 텐데 싶었거든. 그러고 보니 영화를 보여 주고 햄버거까지 사 준 녀석의 행동이 정말 의심스러웠어.

'이 녀석도 뒤늦게 작문 숙제를 하려고 착한 짓이랍시고 나한테 한턱 쏜 게 아닐까?'

틀림없이 그럴 것 같더군. 그러니까 낭독 수업 중에 나를 증인으로 내세우려고 영화를 보여 주고 햄버거까지 사 준 거지. 이 음흉한 자식.

'어쩌지?'

난 웃는 것인지 아닌지 알 수 없는 묘한 표정으로 나를 바라보고 있는 녀석을 째려보며 생각했어.

'햄버거를 토해서 뱉어 줄까? 그건 어쩌면 가능할 것도 같은데, 하지만 이미 봐 버린 영화는 어떻게 하지?'

"야, 봉준호."

"왜?"

"너 인마, 나한테 못된 짓을 했어."

"웬 못된 짓?"

"모르겠어?"

"왜 그래? 뭐야?"

"너 때문에 할머니한테 욕을 먹었잖아, 자식아."

"그게 왜 나 때문이야?"

"네가 영화 보자고 안 했으면 오늘 만날 일이 없었을 테니까."

"도대체 무슨 소리야? 영화 보여 주고 햄버거까지 사 줬더니."

"야, 그만두자."

"뭐?"

"그만두자고."

그래, 난 그 문제는 일단 접어 두기로 했어. 준호가 그런 의도를 가지고 있었는지 아닌지는 어차피 나중에 알게 될 테고, 사실 지금 중요한 것은 할머니가 왜 버럭 화를 내며 나를 내쫓았는지 그걸 알아내는 것이었으니까.

'뭐야, 도대체 왜 할머니가 화를 내신 거지?'

난 계속 생각했어.

'왜 그랬지? 이유가 뭐지? 내가 뭘 잘못했지?'

"너, 저 할머니랑 무슨 일 있었어?"

잠자코 나를 지켜보던 준호가 말했어.

"난 뭐가 뭔지 이해가 안 돼."

'나도 마찬가지야, 자식아. 그러니 닥치셔.'

난 준호를 무시하고 멀리 떨어진 라스베가스 우산 아래 앉아서 마늘을 까고 있는 할머니를 바라보았어. 한참 동안, 온몸으로 뜨거운 햇살을 고스란히 받아들이면서. 우산 아래 앉아 있는 할머니는 처음 만났을 때 모습 그대로였어. 부지런하고 과묵한 할머니 말이야. 조금 전, 매정한 악당으로 변신한 할망구가 진짜였을까 싶을 정도로.

기분이 이상했어.

'도대체 무슨 일이 있었던 거지? 아니, 내가 왜 그랬지? 할머니는 또 왜 그랬지?'

난 아무 일도 없었다는 듯 평화롭게 마늘을 까고 있는 할머니를 바라보았어. 나 자신이 바보같이 느껴지면서 다시 흥분되려 하더군. 난 할머니에게 뛰어가 물어보고 싶었어.

"왜 그러셨어요, 할머니, 네?"

이렇게, 악당처럼!

그런데 그때 준호가 내 주의를 다른 데로 돌려 버렸어. 사실 녀석이 그러지 않았다고 해도 내가 할머니에게 가서 그렇게 했을 것 같지는 않아. 그럴 용기도 없었고, 솔직히 더 이상 할머니가 편하지 않았거든. 아니, 편하지 않은 정도가 아니고 무서웠어. 뭔가 얘기를 나눠 보고 싶다는 마음은 가득했지만.

"뭐야, 안 가?"

동생에게 주려고 산 곰 인형으로 내 머리를 툭 치면서 준호가 말했어.

울컥 화가 치솟더군. 하지만 난 녀석에게 아무런 대꾸도 하지 않았어. 난 내 기특한 머리가 간직하고 있던 「라퐁텐의 곰」이야기를 번쩍 떠올리고는 그걸 생각하기 시작했어. 낮잠 자는 노인의 코에 앉은 파리를 쫓아 주려고 돌멩이를 던져서 파리는 물론 노인까지도 지구를 떠나게 했다는, 어쩌면 너도 한번은 들어 봤을 그 곰 이야기 말이야.

뭐, 내 행동이 그 미련한 곰 친구처럼 한심한 건 아니었지만, 어쨌든 결과적으로는 할머니를 괴롭히고 말았어. 괴로우니까 그렇게 화를 낸 게 아니겠어? 하지만 말이야, 괴롭기는 나도 마찬가지였어. 할머니도 나를 괴롭혔다고. 내가 무슨 큰 잘못을 저질렀는지는 모르겠지만 어쨌든 착한 짓을 한 번 더 해 보려는 내게 상처를 입혔다고.

'에이, ××!'

난 속으로 중얼거렸어.

'이건 너무 복잡하잖아? 도대체 선행이 뭐야? 선생님, 도대체 선행이 뭐예요?'

"야, 안 가냐니까?"

그때 지겨워진 준호가 다시 말했어. 또 곰 인형으로 내 머리를 툭 치면서. 그래서 뭐, 나도 할머니처럼 빽 소리를 질러 버렸지. 내 눈썹에 달라붙은 땀방울이 후드득 떨어져 나갈 정도로 크게. 그러니까 악당처럼!

"저리 꺼져! 너 혼자 가, 인마!"

그러니까 내 말은, 글쎄 봉준호가 나 정현서에게 정확히 뭘 잘못했느냔 말이야, 뭘, 앙?

목련 지도

노는 토요일이었어. 좀 늦게 아침을 먹고 슈퍼마켓에 가는 길에 우연히 혜리를 만났어. 쇼스타코비치의 '왈츠'를 들으려고 폼을 잡고 있는데 엄마가 양파를 사 오라고 심부름을 시켜서 나선 길이었지.

"단단한 놈으로, 아들."

엄마가 그렇게 말했을 때 난 속으로 대꾸했어.

'아니, 난 단단한 년으로 살 거야.'

그리고 밖으로 나가 잠시 테니스 코트 철망에 코를 박고 있었어. 라켓을 휘두르는 미스인지 아줌마인지 구분이 안 되는 여자들을 구경하느라고 말이야.

네 명이 한창 복식 게임을 하고 있었는데 스타일이 멋지더군. 짧은 치마, 미끈한 다리, 찰랑찰랑하는 머리카락, 둥글게 부풀어 오른 가슴 등등. 난 구경 한번 잘 했다는 뜻으로 긴 한숨을 푹 내쉬고 돌아섰어. 그리고 기억자로 꺾어 13동 쪽으로 걸어갔지.

혜리는 13동 앞 찻길 건너편에 있었어. 뭔가를 버리러 나왔던 것 같아. 재활용 쓰레기나 음식 쓰레기 같은 거. 하지만 내 눈에 띄었을 때 그 앤 어떤 나무 아래에서 고개를 꺾은 채 위를 올려다보고 있었어. 허리에 양손을 척 걸친 채.

'뭐야, 하늘을 보고 있는 거야?'

틀림없이 그럴 것 같더군. 이틀간 비가 내렸기 때문에 하늘이 무척 맑아서 일부러 구경할 만했지. 은은한 흙냄새와 풀 냄새가 가득한 가을 공기도 무척 상쾌했고. 한낮엔 아직 햇살이 따끈따끈했지만 이제 여름의 뜨거운 불 마차는 하늘 저 멀리로 도망치고 없었어.

뭐, 예쁘더군. 청바지에 하늘색 셔츠를 입었는데, 목을 뒤로 젖히고 있어서 등 쪽으로 흘러내린 검은 머리카락이 보기 좋았어. 맑은 햇살에 반짝이는 하얀 얼굴도 그렇고. 그러니까, 끊임없이 "어이!" "이야!" 하고 콧소리를 낸 테니스 코트의 그 미스인지 아줌마인지 알 수 없는 네 여자들보다도 더 멋졌다는 얘기야.

난 혜리를 부르려다가 갑작스런 충동에 사로잡혔어. 몰래 다가가 보자는 거였지. 네가 남자라면, 아마 너라도 그랬을걸? 같은 아파트 단지에 살고, 같은 반이고, 게다가 초등학교 5학년 때부터 친하게 지내온 여자 애가 하얀 얼굴을 반짝반짝 빛내면서 파란 가을 하늘을 쳐다보고 있는 걸 마주쳤다면 말이야.

난 살금살금 걸어갔어. 그런데 혜리와의 거리가 3미터쯤으로 가까워졌을 때였어. 두 손으로 몰래 혜리의 눈을 가리는 그림이 머릿속에 슬며시 떠오르지 않겠어? 가슴이 좀 두근두근하면서. 그래서 한순간 멈칫했어. 예정에 없던 그림이 머리를 점령했으니까.

뭐, 하지만 그렇게 하지는 못했어. 이유야 많았지. 몇 초 사이에 여러 가지 생각이 밤하늘의 별처럼 마구 떠올랐는데 그게 다 내가 혜리의 눈을 손으로 가리지 못하게 된 이유들이었어. 그걸 다 열거하고 싶지는 않고 가장 중요한 것을 하나만 말하자면 두드러기가 날 것 같았다는 거야, 두드러기가!

그래서 뭐, 살금살금 바로 가까이 다가가서 꽥 소리를 질러 줬지.

"야!"

혜리는 깜짝 놀라서 허공으로 펄쩍 뛰어올랐다가 바닥으로 쿵 떨어지지는 않았지만 눈에 띄게 어깨를 움찔했어. 그러고는 공포에 질린 창백한 얼굴로 간신히 돌아보더군. 이렇게 아름다운 가을에 웬 괴물이 출현했지, 하고 말이야.

정말 놀랐나 봐. 그 꼴을 보니 좀 미안했어. 그래서 싱긋 웃어 주었지. 그러자 혜리는 가슴에 손을 얹으며 허리를 약간 굽히고 한숨을 내쉬었어. 휴우, 휴우, 하고 두 번씩이나. 눈에 불꽃을 찌직 찌직 튀기면서. 그리고 빽 외쳤지.

"야, 깜짝 놀랐잖아!"

캬, 정말 목소리 한번 크더군. 너라면 아마 기절했을걸?

"어, 미안. 난 그냥…… 여기서 뭐 해?"

"몰라! 휴, 기절하는 줄 알았네."

혜리는 다시 가슴에 손을 얹고 휴우, 휴우, 하고 두 번 심호흡을 했어. 그 모습을 보니 두 번째로 미안한 마음이 들더군. 그래서 또 사과를 했지.

"미안! 미안!"

그런 다음 주의를 다른 데로 돌리려고 재빨리 덧붙였어.

"뭐야, 가을 하늘을 감상하고 있는 거야?"

그러자 혜리가 말했어.

"쳇!"

"뭐?"

"웃겨, 정말!"

"내가?"

"그래!"

그러고는 휙 돌아서서 딱딱딱 소리를 내면서 가 버리더군. 집에서 신는 자기 엄마의 신발을 신었던 것 같아. 지하철 계단에서 여자들이 딱딱딱 소리를 내면서 끌고 다니는, 뒤꿈치 끈이 없고 망치로 써도 될 것 같은 그 이상한 신발 말이야.

혜리는 금세 13동 안으로 사라져 버렸어. 미안하면서도 약간은 섭섭하더군. 혜리의 주장을 고스란히 믿자면 결과적으로는 나 때문에 혜리가 기절할 뻔했다지만 어쨌든 혜리는 한순간도 기절하지 않았고 애초에 내가 혜리를 기절하게 만들 의도를 품었던 것도 전혀 아니니까 말이지.

'뭐야, 도대체? 내가 좋으면 좋다고 말할 것이지.'

어, 그렇다고 오해는 하지 마. 그건 순전히 장난으로 중얼거린 말이니까. 정말이야. 혜리와 난 남들보다 더 친하긴 하지만 서로에게 아주 특별한 감정을 갖고 있는 건 아니야. 우린 그야말로 친구라고. 물론 나중에 어떤 사이가 될지는 나도 모르지. 혜리도 모를 것이고. 뭐, 살다 보면 원수가 될 수도 있지 않겠어?

사실 혜리와 내가 친하게 된 건 혜리 엄마와 우리 엄마 때문이야. 초등학교 5학년 때 서울로 이사를 와서 엄마가 처음으로 사귄 사람이 바로 혜리 엄마거든. 혜리 엄마는 그때도 지금도 큰길 건너 상가에서 작고 깨끗한 레스토랑을 해. 엄마가 그곳에 커피를 한 잔 하려고 들렀다가 친해진 거지. 그리고 자연스럽게 혜리와 나도 친해졌고.

작년 가을의 일이야. 학교가 끝나고 혜리와 함께 얘기를 나누며 집으로 오고 있는데, 시계탑 근처 벤치에 앉아 있다가 우리를 보게 된 혜리 엄마와 우리 엄마가 농담을 한 적이 있었어.

혜리 엄마: (싱글거리며) 너네 사귀니? 잘 어울리는데?

우리 엄마: (역시 싱글거리며) 정말, 둘이 나란히 걸어오니 보기 좋은걸?

뭐, 좀 쑥스럽더군. 우린 사귀느니 뭐니 하는 그런 사이가 아니지만 어쨌든 좀 친하게 지내니까. 그래서 난 약간 얼굴이 더워지는 걸 느끼며 그냥 웃고 말았지. 그런데 갑자기 혜리가 이렇게 말하는 거야.

"우린 그냥 친구예요."

낯빛 하나 변하지 않고 평소처럼 똑 부러지게 말이야. 그러고는 그 말로 부족하다고 생각했는지 일 초 뒤에 이렇게 덧붙였어.

"앤 내 이상형도 아니에요."

쳇, 솔직히 기분이 살짝 나쁘더군. 아마 너라도 그랬을걸? 생각해 봐. 비록 네 이상형은 아니라고 하더라도 너하고 남달리 친하게 지내는 애가 너보고 "넌 내 이상형이 아니야"라고 하면 기분이 나쁘지 않겠냐고. 너를 이상형으로 인정해 달라고 부탁한 것도 아닌데 말이야, 앙?

그래서 나도 정신을 차리고 재빨리 말했어.

"얘도 내 이상형 아니에요."

그러자 먼저 우리 엄마가 웃고 이어서 혜리 엄마가 웃더군. 그리고 세 번째로 내가 웃었어. 혜리는? 하늘에 맹세코 혜리는 나와 동시에 웃지 않았어. 최소한 한 박자는 늦게 웃었어. 뭔가 기분이 나쁜 듯 나를 슬쩍 째려보고 나서 말이야.

그게 무슨 뜻이겠어? 자신이 내 이상형이 아니라고 말하는 걸 듣고 순간적으로 기분이 상했다는 거 아니겠어? 자기가 먼저 "얘 내 이상형도 아니에요"라고 묻지도 않은 말을 해서 내 기분을 살짝 나쁘게 만들어 놓고 말이야.

하지만 뭐, 그래도 혜리는 웃었어. 그게 중요한 거야. 몇 초의 시간 차가 있었지만 우리 엄마와 혜리 엄마가 함께 웃었듯이, 혜리와 나도 함께 웃었다는 거야. 나처럼 개도 기분이 살짝 상했는지 몰라도 몇 초 뒤에 바로 툭 털어 버릴 수 있었다는 거지.

혜리와 난 그전에도 그 후에도 쭉 그랬어. 우린 서로를 친구로 여겼어. 친구가 뭐겠어? 편해야 하지 않겠어? 난 성격이 왔다 갔다 하는 편인데, 내가 보기엔 혜리가 나의 이런 점을 편하게 느끼는 것 같아. 왔다 갔다 하는 게 뭐냐 하면, 그건 말 그대로 왔다 갔다 하는 거야. 예컨대, 어떨 땐 아주 진지해졌다가 어떨 땐 내 멋대로 경망스럽게 까분다든지 뭐 그런 식으로.

그런데 말이야, 사실은 혜리도 왔다 갔다 해. 혜리는 어떨 땐 쾌활하고 시원시원하다가 어떨 땐 우울해져서 신경질을 부려. 우울 상태에 빠지면 사람을 피곤하게 하지. 방학을 해서 한동안 못 보다가 다시 보게 된다든가 하면 그렇게 변해 있을 때가 있었어. 난 그때마다 아빠를 생각하는구나, 하고 짐작했지. 그 감정이 어떤 것인지는 알 수 없었지만 말이야.

그래, 혜리 엄마와 아빠는 혜리가 아주 어렸을 때 헤어졌어. 언젠가 혜리가 자기 입으로 얘기해 주더군. 한 일주일 말도 없이 신경이 곤두서 있더니 그 얘기를 하더라고. 난 엄마한테 들어서 다 알고 있었지만 모르는 척하고 들어 줬지. 미안한 표정을 하고서 아주 진지하게 말이야.

혜리는 성격 차이 때문에 헤어졌다는 엄마의 말을 믿지 않는다고 했어. 외삼촌한테서 아빠가 대학 시절부터 결혼하자고 엄마를 졸졸 따라다녔다는 얘기를 들었대. 스토커 수준으로.

"그런데 왜 헤어졌겠어?"

혜리가 나를 똑바로 바라보며 말했어.

"어, 뭐, 나한테 묻는 거야?"

내가 놀라서 어물거리자 혜리는 내 말에는 전혀 신경도 쓰지 않고 말했어.

"다른 여자한테 빠진 거야."

"어, 그래?"

"그래. 틀림없어. 결혼해서 애까지 낳고 떠나 버렸으니까. 내가 두 살도 되기 전에 떠났다고. 두 살도 되기 전에. 알겠어?"

"응, 그래. 두 살도 되기 전에······."

난 웅얼거리며 따라 했어. 그렇게 하지 않으면 안 될 것 같았거든. 혜리가 좀 무서워 보였다는 소리야. 화가 나서 두 눈이 이글이글 타오르는 것 같았다고.

난 혜리가 섰던 자리에 서서 하늘을 올려다보았어. 무슨 신통한 그림이 보일까 하고. 하지만 그 자리에 서서 보니까 하늘이 제대로 보이지도 않았어. 바로 앞의 나무가 하늘을 거의 가리고 있었거든. 약간 구부러지긴 했지만 비교적 매끈하게 뻗은 줄기에 잔가지가 많지 않고 내 손바닥 크기의 얇은 잎이 달린 나무였어.

나뭇가지에 무엇이 달려 있는 것일까 싶어 찾아보았지만 아무것도 없었어. 고개를 좌우로 앞뒤로 약간씩 움직여 가며 나뭇가지 사이로 하늘을 보았지만 그렇게 보는 하늘도 특별할 게 없었어.

'뭐야? 도대체 뭘 본 거지?'

고개를 갸우뚱하는데 누군가가 말했어.

"얘, 뭐 하냐?"

돌아보니 13동 경비였어. 파란 제복을 입은 머리가 희끗희끗한 분이 경비실 밖으로 나와서 나를 보고 있었어. 난 어깨를 으쓱하면서 소리를 질렀지.

"저도 모르겠어요."

말하고 나니 참 바보 같은 대답이라고 생각되더군. 내가 뭘 해 놓고서는 뭘 했는지 모르겠다고 말했으니 말이야. 하지만 뭐, 내가 뭘 했는지 정말 알 수 없었으니 어쩔 수 없었지.

난 다시 한 번 어깨를 으쓱하며 싱긋 웃고는 그 자리를 떠났어. 그리고 시계탑 있는 곳쯤에 이르렀을 때 뭔가 끌리는 느낌이 들어서 뒤돌아보았어. 그랬더니 경비가 그 나무를 올려다보고 있는 게 아니겠어? 혜리가 그랬고 내가 그랬던 것처럼 말이야. 그래서 뭐, 하하하, 하고 신나게 웃었지. 정말 우스웠으니까.

혜리는 월요일에도 우울해 보였어. 계속 말도 없었고, 말을 거는 다른 애들에게 짜증을 내기도 했어. 점심시간에는 아이들 몇 명과 책상을 붙여서 함께 밥 먹을 준비를 해 놓고 우리 쪽으로 오라고 하자 무표정한 얼굴로 힐끗 쳐다보더니 내가 무안할 정도로 외면해 버렸어.

그러자 이미 밥을 먹기 시작한 준호 녀석이 히죽대더군.

"야, 정현서. 너 차였어. 하하, 안됐다."

고놈 그냥 캭! 마음 같아서는 숟가락으로 머리통을 한 대 갈겨 주고 싶었지만, 뭐, 원래 그런 놈이니까 그냥 뒀지. 사실을 말하자면 난 봉준호라는 이 장난꾸러기 놈을 좋아해. 이놈도 혜리처럼 내 친구라고.

하여간, 아무래도 혜리가 또 아빠 생각을 하는 게 틀림없어 보였어. 말했다시피 그런 모습을 여러 차례 보았거든. 어느 날 갑자기 어두운 얼굴로 입을 꾹 다물기 시작하면 한 일주일은 갔던 것 같아. 그러다간 언제 그랬느냐는 듯이 생글생글 웃으며 씩씩하게 굴었지.

금요일이었어. 청소가 끝나자 혜리는 재빨리 교실을 빠져나갔어. 그래서 충동적으로 뒤따라갔지. 뭔가 장난을 쳐서 기분을 풀어 주고 싶었거든. 딱히 준비해 둔 건 없었지만 말이야.

난 혜리를 향해 소리쳤어.

"야, 유혜리. 같이 가자."

하지만 혜리는 잠깐 주춤했을 뿐 뒤도 돌아보지 않고 계속 걸어갔어. 마치 경보 선수처럼 엉덩이를 실룩거리면서. 난 대여섯 걸음 후닥닥 뛰어서 혜리를 따라잡았어. 그리고 보폭을 맞추어 나란히 걸어갔지. 침묵 속에, 우리 두 사람의 발소리만 들으면서, 복도를 지나고 계단을 내려가 건물 밖으로.

경치 한번 멋지더군. 오후의 따끈따끈한 햇살이 운동장 가득 떨어지고 있었고, 학교 담을 따라 병풍처럼 둘러서 있는 플라타너스 잎들이 바람에 서걱서걱 소리를 냈어. 하지만 혜리는 그런 건 자신과 아무 상관도 없다는 듯 자기 앞의 땅바닥에 눈길을 떨어뜨린 채 부지런히 걷기만 했어.

"야, 유혜리. 너 사춘기냐?"

삼 분쯤 지났을 때 내가 말했어. 좀 바보 같은 소리였지만, 뭐, 딱히 할 말이 떠오르지 않았거든.

그러자 혜리는 걸음을 멈추지도 나를 쳐다보지도 않은 채 발끈하며 되받았어.

"넌 아니니, 바보야?"

"음!"

내가 애매하게 말하자 혜리가 힐끔 쳐다보더군. 난 그 기회를 놓치지 않고 말했어.

"바보 아니라고."

얼굴에 미소가 살짝 흐르면서 혜리가 멈칫했어. 그러나 미소는 곧 사라져 버렸고 다시 죄인처럼 땅바닥을 향해 고개를 폭 꺾은 채 걸어갔어.

"야, 웃어도 좋으니까 제대로 활짝 웃어 봐."

내가 말했어.

"난 웃고 싶지 않아."

"왜 웃고 싶지 않은데?"

"그건 내 맘이니까 참견하지 마."

"요즘 도대체 왜 그러는 거야?"

"말하고 싶지 않아."

"말하고 싶지 않다는 건 뭔가 일이 있긴 있다는 뜻일 텐데, 그렇지?"

'아빠 생각나서 그러지?'

이렇게 묻고 싶었지만 그 말은 참았어. 화를 더 치솟게 할 수도 있었으니까. 내가 알기로 혜리가 아빠 얘기를 한 사람은 나밖에 없어. 다른 애들한테 얘기하고 싶지 않았던 거지. 그만큼 혜리한테는 민감한 문제였던 거야.

혜리는 아무 말도 하지 않았어. 그래서 내가 다시 입을 열었지.

"야, 얘기 좀 해 봐. 답답해. 우린 친구잖아. 아니야?"

그러자 혜리가 우뚝 멈춰 섰어. 그러고는 인상을 찌푸리며 나를 노려보았어. 어, 한바탕 몰아치겠군, 하고 생각하는데 역시 돌풍이 불더군.

"야, 왜 사람을 가만 놔두지 않는 거야?"

"어, 뭐, 네가 좀 우울……"

"시끄러워!"

혜리는 내 말을 콱 잘라 버렸어. 그리고 이어서 와락 퍼부어 댔어.

"너 왜 그래? 다른 사람의 자유를 이렇게 마구 침해해도 되는 거니?"

미처 말하지 못했는데 혜리는 굉장히 철학적인 말도 곧잘 하곤 해. 자유니, 존재니, 차원이니, 정의의 근거니 등등의 말을 써 가면서 말이야.

철학적인 혜리는 계속 퍼부어 댔어.

"야, 넌 네가 뻔뻔스럽다고 생각하지 않니?"

"난 그저 네가 계속 우울……"

"시끄러! 그건 내 문제야! 그리고 친구라고 해도 모든 걸 얘기해야 하는 건 아니야. 또, 모든 걸 얘기해 달라고 요구해서도 안 돼. 알겠어?"

"응."

난 인정했어. 뭐, 다 옳은 소리였으니까. 그러자 혜리는 내가 너무 짧게 대답하고 입을 다문 게 황당하다는 듯 멈칫하며 쳐다보더니 이윽고 돌아섰어. 그러고는 내가 기분이 상해서 터덜터덜 걸어가는 동안 발바닥에 신기한 엔진이라도 달린 사람처럼 순식간에 교문을 통과하여 내 시야에서 사라져 버렸어.

 뭐, 솔직히 기분이 좀 나빴어. 하지만 그런 일을 여러 번 겪었기 때문에 크게 그랬던 건 아니야. 그래도 이쯤에서 관심을 끊어야 하는 게 아닐까 싶기는 했어. 혜리 말대로 내 문제가 아니니까. 프라이버시라는 것도 있고. 또, 가만히 내버려 두면 다시 쾌활한 애로 돌아올 테니까.

 하지만 전에 없던 이상한 오기 같은 게 생겼어. 이번엔 상태가 좀 심한 것 같아서 걱정이 되기도 했지만 내 관심을 거부당한 게 불쾌하기도 했거든. 어쩐지 부당한 대접을 받고 있다는, 그러니까 뭔가 손해를 보고 있다는 느낌도 들었고. 아니, 그렇지만 그보다도 어디까지나 걱정이 더 컸어. 걱정이 가장 우선이었다고.

 그래서 난 다음 날 하교 시간에 또 도전했어. 내가 좀 집요한 면이 있는 놈이거든. 난 벌찍이 떨어져서 혜리를 뒤따라갔어. 그러다가 혜리가 아파트 단지의 목욕탕 앞을 걸어가고 있을 때 뛰어가서 어깨에 멘 가방을 붙잡았어. 혜리가 놀란 얼굴로 돌아다보더군. 일주일 전에 내가 몰래 다가가서 꽥 소리를 질렀을 때처럼 말이야.

 "야, 깜짝 놀랐잖아!"

 혜리는 또 그때처럼 소리를 질렀어. 난 살짝 웃어 주었지. 그러면서 말했어.

"집에 같이 가자고."

혜리는 픽 웃으려다가 말았어. 이미 혜리 집이 코앞이었으니까 우스웠겠지. 하지만 혜리는 터져 나오려는 웃음을 마치 브레이크를 밟듯이 꽉 틀어막았어. 혜리는 기술도 좋아.

"야, 왜 웃으려다가 마냐?"

난 기회라고 생각하고 몰아붙였어.

"너답게 웃어 봐. 야, 그거 알아? 너 요즘 폼을 너무 잡아서 못 봐 주겠어. 뭐가 그렇게 심각한 거야?"

혜리는 눈길을 피하고 잠시 가만히 있더니 다시 걸음을 옮겨 놓았어. 난 다시 가방을 붙잡아 돌려 세웠지. 혜리가 화를 내지 못하도록 장난스런 미소를 지어 보이면서.

"내일 영화 보러 가자. 내가 보여 줄게. 응?"

"어휴, 너 언제부터 이렇게 집요해졌어?"

"나이가 드니까 점점 그렇게 되는 것 같아. 이게 내 본성인가 봐. 집요한 정현서!"

마침내 혜리가 웃었어. 하지만 그냥 "하핫!" 하고 짧게 웃고 말았어. 그야 뭐, 계속 심각하게 골이 나 있다가 갑자기 마음껏 웃으면 뭔가 이상한 인간이 된 것 같은 기분이 들 테니까 그런 거 아니겠어? 너도 몇 번쯤 이런 감정을 겪어 봐서 잘 알겠지만.

"오늘 떠오른 생각이 있는데 들어 볼래?"

내가 말했어.

"뭔데?"

"생각해 보니 모든 게 그저 그렇게 있는 게 아니었어."

"그게 무슨 소리야?"

"다 그럴 만한 이유가 있다는 거지."

"뭐야, 도대체?"

난 폼을 좀 잡았어.

"계절이 바뀌는 것도, 낙엽이 지는 것도, 뭔가가 있는 것도, 뭔가가 없는 것도 다 그럴 만한 이유가 있으니까 그렇기도 하고 아니기도 하다는 거지. 그러니까……"

"야, 그만둬. 무슨 도 닦는 아저씨도 아니고."

"그러니까 내일 영화 보러 가자. 응?"

혜리는 잠시 생각에 잠기는 표정을 지었어. 난 혜리가 동의할 거라고 백 퍼센트 확신하고 있었지. 한결 부드러워진 얼굴에서 기분이 완전히 풀리기 직전이라는 걸 알 수 있었으니까.

그런데 그때 이상한 소리가 들려왔어.

"야, 니들 부부싸움 예행 연습하냐?"

준호였어. 녀석은 근처에서 우리를 지켜보고 있었던 듯 얼굴에

함박웃음을 달고 있더군. 그러자 부드럽게 풀려 가고 있던 혜리의 얼굴이 다시 어두워지고 말았어. 부부싸움이라는 말이 걔 마음을 다시 얼어붙게 만든 거야.

"야, 봉준호! 너 죽을래?"

혜리는 준호를 쏘아보며 말했어.

"싫어, 난 안 죽을 거야."

준호가 싱글거리며 받자 혜리가 말했어.

"야, 너 그거 알아? 아니야, 관둬. 바보가 뭘 알겠니?"

혜리는 그렇게 말하고 돌아섰어. 난 그런 상황에서 혜리를 붙잡아 봤자 좋을 게 없다고 생각하여 내버려 두었어. 게다가 준호가 나타나기 전에 혜리가 나와 말을 주고받은 걸로 봐서 이제 우울 주간은 끝났다고 판단되었으니까.

"야, 난 바보 아니야."

혜리가 걸어가자 준호가 외쳤어. 그러고는 아무런 반응이 없는 혜리의 뒷모습을 잠시 눈으로 쫓더니 나를 보고 말했어.

"야, 쟤 요즘 왜 저러냐?"

"왜 그러긴, 자식아, 너 때문이지."

내가 말하자 녀석이 두 눈을 반짝 빛냈어.

"뭐? 나 때문이라고? 야, 혹시 쟤가 나 좋아하냐?"

난 "하핫!" 하고 웃고는 돌아서 버렸어.

"야, 뭐야? 왜 그래?"

등 뒤에서 준호가 말했어.

"너 때문이라니까, 자식아."

어깨 너머로 주먹을 흔들어 보이며 걸어가는데 준호가 말하더군.

"어쭈, 이것들이 듀엣으로 나를 엿 먹이네. 그래, 잘해 봐라, 자식들아."

내 판단이 맞았어. 그날 밤 혜리가 문자를 보냈어. 혜리는 내가 관심을 가져 줘서 고맙다고 했어. 그리고 신경질을 부려서 미안하다고, 대신 내일 영화는 자신이 보여 주겠다고.

뭐, 기분이 좋더군. 내 의지로 뭔가를 이루어 냈다는 그런 느낌이 들었지. 내가 가만히 내버려 뒀더라도 혜리는 우울 주간에서 벗어났겠지만, 어쨌든 내가 그걸 이끌어 냈으니까 말이야. 그리고 무엇보다도 그 덕분에 공짜로—너도 이거 무지 좋아하지?—영화를 보게 되었으니까, 공짜로!

다음 날, 혜리는 13동 앞 찻길 건너편의 바로 그 나무 아래에 서 있었어. 그 모습을 보니 순간적으로 시간이 흐르지 않은 것 같더군. '단단한 년'으로 양파를 사러 가다가 혜리와 마주쳤던 일주일 전과 거의 모든 게 똑같았으니까. 청바지와 하늘색 셔츠, 윤기 나는 검은 머리카락과 하얀 얼굴에 떨어지는 맑은 가을 햇살. 그리고 허리에 양손을 척 걸친 것까지. 오직 고개를 꺾은 채 위를 쳐다보고 있지 않고 내가 나타나기를 기다리고 있다는 것만 달랐어.

"야, 유혜리. 먼저 나왔네?"

난 말했어. 그리고 뛰기 시작했지. 귓가를 스치는 바람 소리 너머에서 "응. 어서 와" 하고 말하는 혜리의 가느다란 소프라노 목소리를 들으면서.

난 단숨에 50미터쯤을 뛰어가서 혜리 앞에 우뚝 멈춰 섰어. 그러고는 내가 얼마나 열심히 달려왔는가를 보여 주기 위해서 거친 숨을 몰아쉬었지. 갑자기 뛰었더니 실제로 숨이 가쁘기도 했지만.

그러자 혜리가 말했어.

"야, 정현서. 너, 이게 뭔지 알아?"

혜리는 손가락으로 나무를 가리키고 있었어. 내가 얼마나 숨이 가쁜지, 내가 얼마나 열심히 달렸는지 그런 것에는 관심도 없었다는 소리야. 뭐, 내 성의를 몰라주는 건 섭섭했지만, 혜리가 이제 확실히 우울 모드를 벗어났다는 건 마음에 들었어.

난 심호흡을 하면서 머리를 굴렸지.

'그렇다면 그날 고개를 꺾고 쳐다본 게 가을 하늘이 아니라 이 나무였다는 얘긴데.'

거기까지는 쉬웠지. 하지만 그 다음이 문제였어.

'도대체 이 나무가 뭐지?'

이리저리 살펴보고 주변의 나무들도 힐끗 보았지만 알 수가 없었어. 혜리가 웬일인지 잔뜩 기대에 부푼 표정으로 나를 바라보고 있어서 천지개벽이 일어나는 한이 있어도 그게 무슨 나무인지 알아내고 싶었지만 방법이 없더라고. 천지개벽이 일어날 리도 없고 말이야.

"뭐, 나무라는 건 알겠는데⋯⋯ 왜?"

더 시간을 끌면 안 좋을 것 같아서 말했어.

그러자 혜리는 잔뜩 기대에 차 있던 얼굴을 구김과 동시에 "쳇!" 하고 실망을 표시하면서 씩씩하게 걸음을 옮기기 시작했어.

"다 똑같다니까."

입을 꾹 다물고 걸어가던 혜리가 말했어.

"뭐가 똑같다는 거야? 무슨 나문데 그래?"

내가 묻자 혜리가 답답하다는 듯 소리쳤어.

"목련이야, 목련!"

목련이라는 소리에 살짝 파도가 쳤지, 내 가슴에.

"뭐? 그게 목련이야?"

"그래, 관심도 없었지?"

"꽃이 피었을 때랑 너무 다른데?"

"뭐가 달라?"

"그땐 예쁘고 멋있었는데 지금은 영 아니잖아."

사실 그 나무, 그러니까 목련은 별 특징이 없는, 이제 가을이니까 살짝 물이 든 초록 나뭇잎들이 달린 멋대가리 없는 나무였어.

"맞아, 별 볼일 없지."

혜리가 한숨을 푹 내쉬며 말을 이었어.

"그래서 아무도 그게 무슨 나무인지 관심을 안 가지지. 봄에 하얀 솜뭉치 같은 꽃이 필 때면 너도나도 예쁘다고 쳐다보면서 꽃이 지고 잎이 자라기 시작하면 언제 봤느냐는 듯이 잊어버리는 거야. 인간은 믿을 수 없는 존재야. 달면 삼키고 쓰면 뱉을 뿐이라고."

그 말을 들으니 혜리가 아빠 생각 때문에 우울해진 게 틀림없구나 싶었어. 하지만 난 그 말은 하지 않을 생각이었어. 혜리가 먼저 그 얘기를 하기 전에는 말이야. 더구나 어쨌든 그 회색 구덩이에서 빠져나왔으니 혜리든 나든 굳이 그 얘기를 할 필요는 없었지.

"나무만 쳐다보면서 살 수는 없잖아."

조금 뒤, 난 일부러 쾌활한 목소리를 내려고 애쓰면서 말했어. 그러자 혜리가 따지듯이 말하더군.

"최소한 그게 목련이라는 것조차도 모르잖아."

"그래, 몰랐어. 미안해. 난 믿을 수 없는 나쁜 놈이야."

혜리는 조금 웃고 나서 말했어.

"내 말은 사람들이 예쁜 꽃에만 관심이 있다는 거야. 꽃이 지면 쳐다보지도 않는단 말이야."

"하지만 내년 봄엔 다시 관심을 갖게 되잖아."

"그때는 다시 예쁘게 꽃이 피니까 그렇지."

"야, 좀 긍정적으로 생각해. 한 번만 보고 다시는 안 보는 것도 아닌데 뭘. 목련도 입이 있으면 고맙다고 할걸?"

"뭐가 고마워?"

"해마다 봄이 되면 모든 사람들이 다 쳐다봐 주니까."

"그러고는 잊어버리지."

"그러고는 또 쳐다보지."

"어휴, 뺀질이 같아. 그냥 팍!"

혜리는 주먹을 쥐고 내 등을 한 방 쳤어. 입으로만 "팍!"이라고 한 게 아니라, 자기 주먹이 얼마나 센지 모르는 이 철학적이고 가끔씩 회색 구덩이에 빠지는 씩씩한 여자인 혜리가 실제로 나한테 폭력을 행사했단 말이야, 폭력을!

잠깐 옆길로 새자면, 솔직히 말해서 난 초등학교 때부터, 아니 유치원 때부터 정말 선생님들한테 이게 불만이었어. 남자 애들보고는 여자 애들을 때리지 말라고 귀에 못이 박히도록 떠들면서, 왜 여자 애들이 남자 애들을 꼬집고 때리고 하는 건 그냥 내버려

두느냔 말이야. 도대체 왜? 앙?

혜리는 자기가 뭘 했는지도 모르더군.

"야, 시간 별로 없어. 우리 뛰자."

철학적인 혜리가 즐겁다는 듯 말했어. 뭐, 난 그냥 그 애가 하자는 대로 했지. 그래서 함께 아파트 뒤편 소로를 달려서 무지개 같은 아치가 있는 다리를 건너 극장으로 갔어. 그리고 프랑스 사람들이 만든 코미디를 보면서 신나게 웃었지. 혜리는 기분이 완전히 풀린 것 같았어. 다른 사람들을 조금도 의식하지 않고 우스울 때마다 씩씩하게 웃어 댔으니까.

극장에서 나오니 한낮이었어. 따스하고, 맑고, 바람 한 점 없는 가을날의 밝은 대낮. 사람들이 이리저리 오가고 있었지만 어쩐지 시간이 멈춰 버린 것 같았어. 하지만 시간은 쉼 없이 흐르고 있었지. 불과 일주일 사이에 눈에 띄게 높아진 하늘이 그 사실을 웅변하고 있었어. 나뭇잎들도 아직 초록빛이 많았지만 더 이상 한여름의 그 초록빛은 아니었어. 이미 노랗고 빨갛게 물든 것들도 많았고.

우린 다리를 건너 아파트 단지로 들어섰어. 그때 혜리가 슬쩍 말했어.

"사실 나…… 아빠 생각 때문에 우울했었어."

난 잠자코 있었어. 내가 짐작한 것과 다르지 않았구나 생각하면서. 그러다가 혜리가 더 이상 말을 하지 않아서 용기를 내어 말해 보았어.

"아빠가 보고 싶으면 이제 한번 만나 보지그래?"

혜리는 엄마 아빠가 헤어진 뒤에 한 번도 아빠를 본 적이 없다고 했었어. 엄마도 마찬가지라고 했고. 혜리는 아빠에 대한 기억이 전혀 없기 때문에 차라리 보지 않는 게 낫다는 말도 했었어.

혜리는 한숨을 쉬며 맥없이 웃었어. 그리고 말했어.

"이제 영원히 못 만날지도 몰라."

"왜?"

"지난여름에 이민 갔대."

"어, 그래?"

"응. 미국으로."

난 뜻밖의 얘기에 당황했지만 혜리는 편안해 보였어.

"외삼촌한테 들었어. 엄마한테는 얘기하지 말라고 했어. 나중에 얘기하겠다고. 그동안 아빠가 외삼촌은 가끔 만났나 봐."

괴로운 마음이겠다고 생각되면서 미안하고 안타까운 마음이 들었어. 하지만 무슨 말을 해야 할지는 알 수 없었지. 난 혜리의 경험을 그저 상상하고 짐작할 수 있을 뿐이었으니까. 그래도 뭔가 위로의 말을 해 주고 싶었지만 그것도 하지 못했어.

혜리가 그런 내 마음을 짐작했는지 약간은 지어낸 듯한 밝은 얼굴로 걱정하지 않아도 된다고 했어. 내 얼굴을 똑바로 보면서. 그리고 그 얘기를 우리 엄마한테 하지 않겠다고 약속해 달라고 했어. 그러면 우리 엄마가 혜리 엄마한테 얘기하게 되고, 혜리 엄마가 스트레스를 받게 될 텐데 그게 싫다면서 말이야. 뭐, 난 기꺼이 약속을 해 주었지. 그런 약속이라면 목에 칼이 들어와도 지킬 수 있으니까.

"야, 정현서."

혜리가 말했어.

"응?"

"나랑 주말에 가끔씩 산책하지 않을래? 토요일이나 일요일에 한두 시간씩."

"산책? 어, 그거 좋지."

"나한테 목련 지도가 있는데 산책하면서 그걸 너한테도 줄게."

"목련 지도? 그게 뭐야?"

"종이에 그린 그런 지도는 아니고 내 마음속에 있는 지도야. 지난 몇 년 동안 하나하나 그려 뒀거든. 우리 아파트 단지에 있는 목련이란 목련은 다 내 마음에 입력이 되어 있어. 산책하면서 너한테도 하나씩 가르쳐 줄게."

"야, 그거 멋진데? 언제부터 하지?"

"오늘부터 하지 뭐. 지금 당장."

"좋았어."

난 혜리와 손뼉을 마주 쳤어. 그리고 잠시 생각에 잠겼다가 결정을 내린 혜리를 따라서 7동과 담 사이의 외진 곳으로 갔어. 그곳은 내가 한 번도 발을 들여놓은 적이 없었는데 그곳에도 목련이 있더군. 하지만 작은 목련이었어. 13동 앞에 있는 것보다 훨씬 작은 것.

그런데 혜리가 뜻밖의 사실을 가르쳐 주었어.

"이 목련은 크지는 않지만 꽃이 엄청 많이 피어."

"그래?"

"응. 그래서 「사월의 노래」라는 시를 이해하게 됐지."

"무슨 소리야?"

"「사월의 노래」는 박목월 시인의 시야. 노래도 있어. 너도 들어 본 적이 있을걸? '목련꽃 그늘 아래서 베르테르의 편질 읽노라' 이렇게 시작하는 거."

내가 "아아, 그거" 하자 혜리가 설명을 이어 갔어. 그러니까 혜리의 말은 나뭇잎이 없이 피는 목련꽃만으로 과연 그늘이 질까 의심스러웠는데, 꽃이 유난히 많이 피는 그 목련을 보고는 가능하다는 걸 알았다는 거였지.

솔직히 난 좀 감동했어. 혜리가 나에게 단순히 목련이 어디 있는지 가르쳐 주려는 게 아니라, 그 목련에 얽힌 자신의 경험을 나눠 주려 한다는 걸 알았으니까 말이야.

난 혜리와 함께 목련 지도를 그려 갈 시간을 생각하며 포근한 느낌에 사로잡혔어. 낙엽이 지고, 가을이 가고, 중학교 3년을 마감하는 마지막 시험을 치고, 그리고 마침내 겨울이 되어 눈에 덮인 목련을 보게 될 때까지…….

집으로 오는 동안 난 일부러 혜리 뒤로 몇 걸음 뒤쳐져서 걸었어. 혜리가 "왜 그렇게 천천히 걸어?" 하고 핀잔을 주면 몇 걸음 훌쩍 걸어서 나란히 걸어가다가 이내 슬쩍 뒤로 처지곤 했지. 왜냐하면 혜리의 찰랑찰랑하는 검은 머리카락을 계속 바라보고 싶었거든. 그것도 꼭 뒤에서 말이야.

"뭐야, 도대체? 내 뒤에서 뭐 한 거야?"

13동 앞에서 혜리가 씩씩하게 묻더군. 그래서 이렇게 말해 줬지.

"그냥 널 봤어. 네 뒷모습을."

하늘에 맹세코 혜리의 얼굴이 살짝 붉어졌어. 네가 혜리한테 물어보면 절대로 아니라고 잡아떼겠지만.

"뭐야? 아무래도 좀 이상해."

혜리는 그렇게 말하고는 재빨리 13동 입구로 쏙 들어가 사라져 버렸어.

그날 밤, 난 혜리가 아빠에게 버림받았다는 감정에서 어서 자유로워지기를 바라면서, 목련 나뭇잎 세 개를 따서 백과사전 갈피에 넣어 두었어. 뭐, 해가 바뀌어 다시 목련꽃이 필 때 혜리한테 그걸 주면 좋아할 것 같았으니까. 아니, 최소한 그걸 왜 자기한테 주느냐고 신경질을 부릴 것 같지는 않았으니까. 봐서, 혜리와 나한테 듀엣으로 엿을 먹은 준호한테도 하나 주고 말이야.

센티멘털 준호

 먹을 것도 많았고, 공부하라는 소리 안 들어도 되었고, 오랜만에 만난 친척 어른들이 돈을 막 주었고, 주말과 연결되어 장장 닷새나 계속되었던 추석 연휴가 엄청나게 그리워지기 시작한 어느 깊은 가을날의 일이야. 그날은 아홉 시까지 등교해서 쓰레기를 줍는 날이었지. 학생들 모두가 집단으로 봉사를 하는 날.
 네가 모른다면 말인데, 국어사전에 따르면 봉사는 이런 거야.
 '나라나 사회 또는 남을 위하여 자신의 이해를 돌보지 아니하고 마음을 다하여 일함.'
 헐, 자신의 이해를 돌보지 아니하고 마음을 다하여 일하다니, 무시무시하지 않아?

난 아침을 먹고 방바닥에 드러누워 빈둥대다가 일어났어. 그리고 주방 옆 세탁실 벽에 걸려 있는 대형 비닐봉지를 뒤졌어. 다시 쓰려고 모아 놓은 봉지를 꺼내려고 말이야. 그게 말하자면 나의 이해를 돌보지 아니하고 마음을 다하여 봉사를 하기 위한 도구였지.

약간 시간이 걸렸어. 난 그냥 대충 감으로 찍어서 가져가려고 했는데, 엄마가 이전에 쓰레기를 주우러 갈 때는 어떤 걸 가져갔느냐, 이 봉지는 너무 크고 저 봉지는 너무 작고 어쩌고저쩌고하면서 자꾸 참견을 했거든.

쓰레기 봉지가 정해지자 그 다음엔 장갑에 대해서도 그랬어. 마치 시장에서 물건이라도 고르는 것처럼 이건 축축한 쓰레기를 만지면 더러운 물기가 스며들겠다느니, 저건 너무 새것이니까 좀 아깝다느니 하면서 시간을 끌었지.

네 엄마도 그렇겠지만 가끔 보면 우리 엄마는 정말 별것 아닌 일에 굉장히 머리를 써. 연구를 해 보지는 않았지만 내 생각엔 말이야. 그렇게 이러쿵저러쿵 참견하는 게 나에 대한 사랑이라고 생각해서 그러는 것 같아. 아니면, 뭐, 평소에 머리를 쓸 일이 별로 없어서 그러는 것이거나(농담이에요, 엄마!).

하지만 문제는 그래 봤자 결국엔 아무거나 가져가게 된다는 거지. 그날도 마찬가지였어. 역시 내가 맨 처음 감으로 찍은 비닐봉지와 장갑을 가지고 가게 되었지. 난 어깨에 메는 작은 가방에 비닐봉지와 장갑, 그리고 봉사를 하다가 목이 말라서 죽으면 곤란하므로 물병도 하나 넣는 것으로 출정 준비를 마쳤어.

"잘 다녀와."

엄마가 말했어.

그래서 뭐, 난 허리를 깊숙이 숙이면서 말했지.

"어머니, 나라나 사회 또는 남을 위하여 자신의 이해를 돌보지 아니하고 마음을 다하여 일할 수 있도록 알맞은 비닐봉지와 장갑을 골라 주시고 또 물을 챙겨 주셔서 정말 고마워요."

정말 그랬느냐고? 뭐, 못 믿겠으면 우리 엄마한테 물어봐.

난 밖으로 나가 2동 앞으로 갔어. 2동 재활용 쓰레기 수거 천막 앞에서 준호와 만나기로 했거든. 녀석이 왜 거기서 만나자고 하는지 좀 의아스러웠어. 그 옆에 음식 찌꺼기 수거통이 있어서 향기롭지 못한 냄새가 나는데 말이야. 설마 녀석이 그런 냄새를 좋아하는 희한한 변태는 아닐 테고.

하여간 난 거기서 보기로 했으니 그곳으로 갔어. 준호는 약속 시간이 됐는데도 보이지 않더군. 그래서 숨을 쉬지 않으려고 애쓰면서 잠시 서 있다가 길 건너 인도에서 기다렸지. 어차피 2동에서 녀석이 팡 튀어나오게 되어 있으니 거기 서 있으면 만나게 되니까.

그런데 조금 뒤 어두운 천막 안에서 녀석의 얼굴이 보이는 거야. 화단에 수북이 쌓여 있는 낙엽을 보다가 시커먼 천막 아가리를 스쳐 딴 데로 눈길을 옮겨 가는 중에 봤기 때문에 헛것인가 했지. 하지만 다시 보니 정말 준호였어. 녀석은 나와 눈길이 마주치자 씩 웃으며 들어오라고 손짓을 했어. 그러고는 금세 안쪽으로 사라져 버리더군.

난 천막 안으로 들어가기 싫어서 그 자리에 잠시 서 있었어. 녀석이 일방적으로 들어오라 마라 하는 것도 웃겼지만, 그보다도 난 정말이지 평소에도 천막 안에 들어가는 걸 싫어했어. 왜냐하면 거기선 퀴퀴하고 비릿한 냄새, 꼭 쥐가 죽어서 썩어 가고 있는 것 같은 냄새가 났거든. 죽어서 썩어 가는 쥐가 실제로 그런 냄새를 풍기는지는 모르겠지만 꼭 그런 냄새일 것 같았어.

하지만 일 분이 지나도 녀석이 나오지 않자 난 천막 안으로 들어가기 위해 차도를 건너고 말았어. 도대체 놈이 뭘 하고 있는지 알고 싶은 마음이 냄새에 대한 거부감을 이겼던 거지. 그래서 숨을 찔끔찔끔 조금만 쉬려고 애쓰면서 시커먼 천막 안으로 들어서니 준호는 구석에서 바닥에 흩어져 있는 종이상자 찢은 걸 큼지막한 비닐봉지에 담고 있었어.

그 꼴을 본 난 웃음을 터뜨렸지. 버리려고 가지고 나온 쓰레기를 까불다가 흘린 거라고 생각했던 거야. 사회를 위한 봉사를 하러 가기 전에 먼저 집을 위한 봉사를 하다가 말이지. 하지만 무슨 영문인지 녀석은 천막 안에 비치되어 있는 엄청나게 큰 자루가 아니라 자기 비닐봉지에 그걸 담고 있었어.

"야, 봉준호! 이 냄새 나는 시커먼 곳에서 뭐 하냐?"

내가 묻자 녀석은 나를 쳐다보지도 않고 의기양양하게 말했어.

"잠깐 기다려 봐. 곧 끝나니까."

그리고 이번에는 여러 개의 작은 페트병을 골라내더니 뚜껑을 열고 발로 밟아 부피를 반으로 줄인 다음, 공기가 들어가지 못하게 다시 뚜껑을 닫아서 같은 봉지에 담았어.

"야, 도대체 뭐 하는 거야?"

내가 묻자 녀석이 말했어.

"뭐 하긴, 봉사할 준비를 하는 거지. 자, 이제 끝났으니 나가자."

녀석은 불룩한 검은 봉지를 들고 허리를 폈어. 그러고는 나를 보고 씩 웃더군.

난 녀석보다 한 걸음 앞서 천막 밖으로 나와 거칠게 숨을 내뱉고 한가득 신선한 공기를 들이마신 다음 말했어.

"야, 도대체 무슨 수작이야? 이거 들고 가는 거야?"

"당연하지, 인마."

"왜?"

"때가 되면 다 알게 되느니라."

녀석은 위엄이 서린 목소리를 만들어 내려고 되지 않게 애쓰면서 말했어.

우리 반은 학교 뒤에 있는 작은 건물 옆에서 모이기로 했어. 거기서 뒷문으로 나가 한강 지류를 쭉 따라 가면서 마른 하천 바닥과 언덕에 버려져 있는 쓰레기를 줍기로 했거든. 그게 우리에게 할당된 봉사 구역이었지.

아이들이 여기저기 조금씩 모여 있는 운동장을 지나 건물을 돌아서 선생님과 만나기로 한 장소에 가 보니 아직 시간이 일러 아이들 몇 명만이 모여 있었어. 그때쯤 난 이 괴물 같은 준호 녀석이 무슨 수작을 부리려고 하는지 이미 감을 잡고 있었어. 하지만 녀석이 어떻게 하는지 보려고 계속 모르는 척했지. 가끔씩 정말 궁금하다는 듯이 뭐냐고 물어보면서 말이야.

역시 내 짐작이 맞더군. 하지만 완전히 맞은 건 아니고 일부만 맞았어. 난 녀석이 귀찮게 쓰레기를 줍지 않고 선생님의 눈길이 미치지 않는 곳만 골라 다니며 놀다가 재활용 천막에서 가져간 것을 자기가 주운 것처럼 내놓으려는 것이겠지, 생각했어. 당연히 비밀을 알고 있는 내게도 페트병 몇 개를 주겠지만 온갖 생색을 다 부리겠지, 하고.

하지만 웬걸, 준호는 그걸 비밀로 하려는 뜻이 전혀 없었어. 비밀은커녕 오히려 봉지 속에 무엇이 들어 있는지 애들에게 자랑하듯이 보여 주었어. 그러자 녀석의 음흉한 수작이 금방 효과를 나타냈고, 그제야 난 녀석의 꿍꿍이가 무엇인지 전모를 알게 되었지. 하하, 못된 놈!

그 일은 이렇게 진행되었어. 먼저 준호의 검은 비닐봉지에 무엇이 들어 있는지 알게 된 아이들이 페트병과 상자 찢은 것을 나눠 달라고 아우성을 치기 시작했어. 그러자 절대로 안 된다면서 느긋하게 여유를 부리던 녀석이 마침내 본색을 드러냈지.

"좋아, 그렇게 갖고 싶다면 한 사람당 오백 원씩 내!"

네가 거기 있었다면 너도 그랬겠지만, 아이들이 일제히 야유를 토해 냈어. 그러고는 한꺼번에 마구 이러쿵저러쿵 퍼부어 댔지.

수빈: 한 사람당 500원이면 3000원인데 무슨 쓰레기가 그렇게 비싸냐, 새끼야!

현태: 이 자식 순 날강도 같은 놈이네!

승호: 3000원 벌어서 아빠 갖다 줄 거냐?

원진: 확 빼앗아 버리기 전에 어서 내놔, 어서!

등등. 기타 등등.

애들이 와글거리는 동안 난 아무 말도 하지 않았어. 준호가 한 바보당 500원씩 합계 3000원을 뜯어내서 나중에 나와 단둘이 그걸 쓰려고 하는 게 아닐까 싶었거든. 이 녀석이 나한테 살짝 살짝 도둑놈이 동료 도둑놈에게 던질 법한 음흉한 공모의 미소를 쏘아 보내기도 했고.

난 애들의 성토가 잦아들 무렵 준호를 도와줄 방법이 없을까 궁리하기 시작했어. 하지만 뾰족한 묘책이 떠오르지 않더군. 당연한 일이지. 사람들이 애써 분류해 놓은 재활용 쓰레기를 들고 와서 애들에게 팔아먹는다는 게 말이 안 되는 짓이니까. 그것도 '거룩한' 봉사의 날에!

그런데 그때 놀라운 일이 일어났어. 이름은 남자 같아도 사실은 여자이지만, 말이 없기로 하자면 웬만큼 과묵한 남자 백 명을 모아 놓은 것보다 백 배는 더 입이 무거운 여자 애 한경민이 나섰던 거야.

"야, 정현서. 넌 어떻게 생각해?"

난 놀라서 입을 딱 벌렸어. 교실에 있으면 하루 종일 한 마디도 안 하는 애가 그렇게 긴 문장을 토해 냈으니까. 그것도 느닷없이, 몹시 큰 목소리로, 나한테 말이야. 물론, 다른 애들도 일제히 입을 딱 벌렸지.

갑자기 정적이 흐르더군. 그 정적 속에서 난 얼굴을 붉혔어. 경민이가 내 속을 확 뒤집어 까발려 놓은 것 같았거든. 다들 준호를 성토하고 있는데도 난 시치미를 뚝 떼고 녀석들한테서 3000원을 뜯어내 그걸로 뭘 해 먹으면 좋겠다고 머리를 굴리고 있었으니 말이야. 비록 순전히 장난 수준이긴 했지만 그래도.

"어, 뭐, 글쎄 이게……"

난 더듬거렸어. 졸지에 열두 개의 눈알이 내 입을 주시하고 있었으니까. 수빈이의 새까만 눈알, 현태의 동그란 눈알, 승호의 똘똘해 보이는 눈알, 원진이의 몽롱한 눈알, 그리고 3, 4일 분량의 단어를 한꺼번에 쏟아낸 경민이의 고요한 눈알과 이유야 어찌 되었건 결국 나를 고난에 빠뜨린 봉준호의 장난기로 가득한 눈알까지.

"…… 어, 뭐, 이건 좀…… 뭐, 못된 짓이지. 그 그……"

간신히 입을 열고 그렇게 더듬거리고 있는데 경민이가 내 말을 콱 잘랐어.

"그렇지?"

"응?"

"이거 못된 짓이잖아. 그렇지?"

"어, 응, 뭐, 좀, 그 그……"

맹세코 난 그 얘기에서 그칠 생각이 아니었어. 네가 믿거나 말거나, 난 이렇게 이어서 말할 생각이었다구.

'그 그 그렇지만 이 정도 못된 짓은 재미로 해 보는 것도 좋지 뭐. 다들 여기에 대해선 동의할 것 같은데, 그렇다면 준호가 준비해 오느라고 고생한 것도 생각해 주는 게 옳지 않을까? 그러니까 그냥 오백 원씩 내서 불쌍한 이놈 아빠 좀 도와 드리자.'

그러면서 애들이 어떻게 나오나 보려고 했지. 반응이 신통치 않으면 나도 500원을 내겠다고 하고, 그래도 잘 안 되겠다 싶으면 준호만 빼고 모두 500원씩 내서 나중에 봉사 기념으로 함께 뭘 사 먹자고 하고, 그것도 안 먹히면 최종 카드로 준호에게 마이크를 넘기는 거지. 그러면 준호도 사태를 파악하고 아이들에게 생색을 내는 것으로 막을 내릴 수 있을 테니까.

그런데 갑자기 혀가 굳어 버렸어. 순간적으로 머리 회로가 뒤얽혔던 것 같아. 경민이가 갑자기 창을 들이대듯이 나를 추궁한데다가 모든 애들이 나를 주시하고 있었으니 말이야. 그래서 "그 그" 하고 더듬게 되었던 것인데, 그때 경민이가 다시 주먹을 확 내질러서 더듬거리는 내 입을 틀어막아 버린 거라고.

"야, 봉준호. 들었지?"
이제 경민이는 준호에게 말했어.
"뭐?"
"현서도 그렇다고 하잖아. 잘못된 짓이라고."
현서도, 라는 말을 들으니 더더욱 어리둥절하더군.

'뭐야, 내가 재판관인가?'

"너 정말로 이런 못된 짓으로 돈을 챙길 생각이야?"

경민이가 다시 말했어.

준호는 어리둥절한 표정으로 나와 아이들의 표정을 살폈어. 어리둥절하기는 다들 마찬가지였지. 녀석은 어깨만 한 번 으쓱하고는 경민이가 내리는 판결을 들었어.

"야, 선생님한테 이르기 전에 이거 나눠 줘. 그럼 네가 이걸로 돈을 뜯으려 했다는 건 눈감아 줄 테니까. 알았지?"

그제야 나보다 조금 덜 어리둥절해져 있던, 500원을 빼앗길 수도 있었을 바보들이 일제히 환호했어. 사태가 어떻게 돌아가고 있는지 알 수 없기는 녀석들도 마찬가지였지만 어쨌든 원하던 결론이 내려졌으니까.

준호가 나를 째려봤어. 모든 게 내 잘못이라고 덮어씌우는 눈길로 말이야. 그러고는 금세 평소의 장난꾸러기 얼굴로 돌아와서 말했어.

"뭐, 좋아. 백성들의 뜻이 그렇다면 공짜로 주지. 다만, 나한테 빚졌다는 걸 똑똑히 기억해 둬."

"빚은 네가 졌지, 인마. 우리가 선생님한테 이르지 않기로 봐줬으니까."

승호가 말하자 다른 애들도 한 마디씩 준호를 성토하기 시작했는데 그 다음 순간이 웃겼어. 경민이가 불쑥 큰 소리로 이렇게 말했거든.

"야, 우린 이제 공범이야. 그러니까 입들 닥쳐!"

우린 또 한 번 놀라서 입을 딱 벌리느라고 저절로 입을 닥쳤어. 아무리 봐도 애가 좀 미친 것 같은데, 라는 눈길을 서로서로 주고받으면서.

아이들이 몰려올 시간이 다가오고 있었기 때문에 준호는 서둘렀어. 녀석은 밝은 미소를 띤 채 동시에 나를 향해 비난의 눈길을 던지는 묘기를 부리면서 아이들에게 쓰레기를 나눠 주었어. 그걸 어떻게 간수해야 하는지 주의까지 줘 가면서.

"페트병에 바람이 들어가면 부피가 커져서 표가 나니까 지금은 그냥 둬. 나중에 쓰레기 몇 개 주운 다음 뚜껑을 열어서 바람을 넣으란 말이야. 알았어, 이 못된 공범들아. 원한다면 몰래 빼돌려서 아빠한테 갖다 드려도 좋아."

조금 뒤 선생님이 오셨어. 그리고 순식간에 아이들이 다 왔고, 마치 출근 시간의 지하철역에서처럼 모든 것이 바쁘고 시끄럽고 빠르게 돌아갔어. 출석을 부르고 난 뒤엔, 왜 봉사를 하느냐, 어떤 일을 하느냐, 어떤 주의를 해야 하느냐 등등에 대한 선생님의 연설이 있었지. 그걸 요약해서 옮기면 다음과 같아.

'여러분, 우리 모두 착하고 안전하게 쓰레기를 줍자!'

우린 비실비실 뒷문으로 나갔어. 패잔병들처럼, 아니, 전쟁을 치르지 않았으니까 아직 패잔병은 아니었고, 그냥 오합지졸이었어. 골목마다 낙엽이 뒹구는 주택가를 지나 차가 다니는 큰길을 건너 한강 지류 B천에 다다랐을 때에야 우린 명실상부한 패잔병이 되어 있었지.

하지만 아이들은 곧 정신을 차리고 열심히 쓰레기를 줍기 시작했어. 자신의 이해를 돌보지 아니하고 마음을 다하여 한 건 아니지만 그래도 열심히 주웠어. 평소라면 교실에 있어야 할 그 시간에 야외에 나와 있으니까 그냥 그것만으로도 기분이 좋았던 거지. 파란 하늘과, 포근한 흙냄새와, 낙엽과, 하천 바닥의 바싹 마른 돌들과, 어디선가 가끔씩 날아오는 똥 냄새까지…… 모든 게 상쾌했다구.

그렇지만 난 우리 범죄자들과 함께 행동했기 때문에 내 속에서 솟아오르는 봉사 욕구를 제대로 실천할 수가 없었어. 정말이야. 그건 내가 게으르거나 뭐 그래서 그랬던 게 절대 아니야. 하늘에 맹세코 준호 놈을 비롯한 우리 범죄자들 때문이었다구.

우린 함께 붙어서 움직였어. 평소에 아주 친했던 건 아니지만, 이날만큼은 그럴 수밖에 없었지. 발각되면 곤란하니까 공범자의 형제애로 서로를 도와주고 동시에 바보처럼 구는 형제가 없는지 서로를 감시할 필요가 있었던 거지.

우린 가급적이면 아이들과도 선생님과도 떨어져서 움직였어. 그렇다고 순전히 땡땡이만 쳤던 건 아니야. 우리도 가끔씩 허리를 굽히고 쓰레기를 주웠지. 저마다 집에서 엄마의 배려로 들고 간 비닐봉지엔 우리가 채워야 할 빈 자리가 더 많았으니까.

다행이었던 건 경민이가 제정신으로 돌아왔다는 거였어. 그 애는 다시 원래의 침묵 덩어리로 돌아간 것 같았어. 애들도 그걸 알아차리고 경민이에게는 더 이상 신경을 쓰지 않았지. 신경을 쓰면 그게 자극이 되어서 다시 꽥꽥 소리를 지르면서 다들 입을 닥치게 만들지 모르니 말이야.

우린 계속 중구난방으로 떠들었어. 모두가 입이 아파서 일제히 쉬게 되는 순간도 있었지만 그건 그야말로 순간이었고 언제나 최소한 누군가 한 사람은 떠들고 있었어. 하지만 얘기는 지리멸렬해서 거의 정신분열을 일으킨 것 같았지.

돼지는 왜 독사를 먹어도 안 죽지? 누구 아는 사람? 야, 너, 배용준 콧구멍 자세히 본 적이 있냐? 근데, 대통령이 되면 행복할까? 우리 옆집에 신혼부부가 이사를 왔는데 밤마다 싸워. 소리도 지르고, 뭘 집어던지기도 하고. 야, 배고파. 난 배가 아파. 음, 난 배가 슬퍼…….

한참 지나서 승호가 각자 알고 있는 무서운 얘기를 하자고 제안

했어. 그래서 돌아가면서 떠들었지만 아무도 우리를 무섭게 만들지 못했지. 마지막으로 경민이가 남았는데, 그 애는 자기 차례라는 걸 알아차리고 갑자기 푸우, 하고 숨을 토했어. 찜질방에 갇혀 있다가 탈출한 아이처럼.

그러고는 화를 내며 말했어.

"야, 니들 재미없어. 그만 해. 나 이제 너희랑 같이 안 다닐 거야."

그런 다음 다른 무리를 찾아 떠나 버렸어.

뭐, 우린 잠시 어리둥절한 얼굴로 서로를 쳐다보다가 다 함께 박수를 치며 웃었지. 우리 모두 이미 얘기를 할 만큼 했고, 또 경민이가 그걸 처음부터 끝까지 다 들었는데, 이제 와서 새삼 뭘 그만 하라는 거냐고, 뭘, 앙?

우린 그 애를 붙잡을 마음이 전혀 없었어. 사실 이제 비범죄자이자 정직한 봉사대원들인 다른 아이들의 비닐봉지도 쓰레기로 채워져서 우리가 미리 준비한 쓰레기가 발각될 염려는 없었어. 그러니까 더 이상 서로를 감시할 필요도, 떠나간 경민이를 붙잡을 필요도 없었던 거지.

경민이가 떠나자 우린 아무래도 약간 돈 것 같다며 킬킬거리다가 삼 분 뒤엔 우리도 그만 찢어지기로 했어. 그러자 준호가 정말 재미있는 얘기를 해 주겠다며 아이들에게 500원씩 내놓으라고 마지막으로 행패를 부렸고, 아이들이 일제히 에이, 어휴, 이 자식 콧구멍을 막아버릴라, 퉤, 어쩌고저쩌고 소리를 질렀고, 그 바람에 여기저기 흩어져서 열심히 봉사를 하고 있던 아이들이 우리 쪽을 쳐다보았고, 그걸 끝으로 우리 범죄자들은 각자의 인생길을 찾아 뿔뿔이 흩어졌지.

난 재빨리 선생님 곁으로 뛰어갔어. 준호 놈에게 붙잡혀서 시달리지 않으려고 말이야. 하지만 삼십 분쯤 뒤, 저쪽에서 승호가 컵라면 뚜껑을 주워 들고 우리 반에서 예쁜 축에 드는 어떤 여자 애한테 "야, 이거 너네 아빠 갖다 드려라" 하고 장난을 치는 걸 보고 큰 소리로 하하하 웃고 있는데, 내 바로 뒤에서 더 큰 소리로 하하하 웃는 놈이 있어서 돌아보니 녀석이었어.

'헉, 이놈이 언제 가까이 다가왔지?'

잠시 잡념에 정신이 팔려서 이놈을 잊어버렸던 거야. 이 녀석이 가까이 다가오면 얼른 선생님 옆구리 근처로 뛰어가고, 녀석이 떨어져 나가면 나도 선생님한테서 적당히 떨어지고 했는데 말이야. 사실 선생님과 바짝 붙어 있으려니 선생님이 무슨 말을 할 때마다 바로바로 뭔가 대꾸를 해 드려야 해서 좀 귀찮았거든.

준호의 얼굴과 맞닥뜨린 난 놀라움을 감추기 위해 더 크게 웃었어. 그러자 이놈은 나보다 더욱 크게 웃더군. 그러고는 허파가 아파서 더 웃을 수 없게 되어 웃음을 그치자 녀석도 뚝 웃음을 멈추고는 허파 속으로 공기를 한껏 들이마셨어. 그런 다음,

준호 : (빵빵하게 부풀어 오른 허파를 찌그러뜨려 공기를 와락 토해 내면서) 야, 정현서! 네가 무슨 잘못을 저질렀는지 알고 있지?

나 : (아기 사슴처럼 떠는 척하면서) 모 모르겠는데요. 아저씨?

준호 : (징그럽게) 넌 알아, 똑똑한 학생이니까.

나 : (갑자기 돌변해서, 그러니까 술 취한 아빠 사슴처럼) 아니야, 난 무식해, 인마!

준호 : (건달처럼 건들거리면서) 길게 얘기하지 않겠어. 너 나한테 빚졌어. 그것만 기억해 둬. 오늘 한 건 해서 너랑 PC방에 갈 계획이었단 말이야.

나 : (다시 아기 사슴처럼) 그런데 왜 처음부터 얘기하지 않았어요. 아저씨?

준호 : (진짜 아저씨처럼) 음, 그거야 재미있게 해 주려고 그랬지.

나 : (다시 술 취한 아빠 사슴처럼) 거짓말하지 마, 새끼야! 성공할지 실패할지 모르니까 애매하게 감췄던 거잖아. 그래 놓고 그걸 다 나한테 뒤집어씌우고 있어.

준호 : (이놈도 술 취한 아빠 사슴이 되어) 네가 못된 짓이라고 한 게 결정타였잖아, 자식아. 경민이가 그 말을 듣고 갑자기 필이 꽂

해서 이게 옳으니 그르니……

나 : (급하게 끼어들어) 야, 잠깐!

준호 : (흠칫하며) 뭐야?

나 : (경민이 쪽으로 얘기를 돌려서 녀석을 혼란스럽게 만들기 위해) 야, 경민이 걔, 정말 이상하지 않아?

준호 : (즐겁다는 듯) 그거야 미친 걸로 결론을 봤잖아.

나 : (탐구욕을 드러내려고 애쓰며) 사람이 그렇게 쉽게 미치냐?

준호 : (전혀 진지하지 않게) 그건 모르겠지만 걘 미쳤어. 최소한 순간적으로는 미쳤어. (갑자기 경망스럽게) 하하하. 아니면 현서 너를 좋아하거나. 하하하.

나 : (장단을 맞춰 경망스럽게) 하하하. 내가 아니라 너를 좋아할 가능성이 더 크지, 인마. 너한테 화끈하게 말을 걸기 위해서 단지 나를 이용했을 뿐이라고. 마침 기가 막힌 기회가 왔다고 생각해서 순간적으로 확 미친 거겠지. 야, 너 이제 큰일 났다. 하하하.

준호 : (무어라고 대꾸하려고 하다가 갑자기 말을 멈추고 살짝 웃으며, 그러니까 나한테 걸려들 뻔했다는 걸 깨닫고는) 야야, 헛소리 그만 해서.

나 : (시치미를 떼고) 헛소리는 뭐가 헛소리야? 경민이가……

준호 : (콧구멍을 넓히며) 그만 하라니까. 난 경민이가 아니라 너한테 관심이 있으니까. 왜냐하면 네가 나한테 3000원을 빚졌거든.

나 : (이제 이판사판이다) 너야말로 헛소리 그만 해, 자식아. 내가 아무 말을 안 했더라도 넌 성공할 수 없었어. 경민이가 미쳐서 나서기 전에 다른 애들도 이미 다 말도 안 된다고 아우성쳤잖아.

준호 : (코딱지를 파내며) 그러니까 하는 말이지, 인마. 친구라면 그런 상황에서 뭔가 보탬이 돼야지. 그런데 보탬이 되기는커녕 오히려 방해를 했단 말이야. 너 내 친구 아니냐?

나 : (계속 이판사판) 친구면 뭐, 네 기분대로 다 맞춰 줘야 하냐? 만약 네가 처음부터 다 까발려 놓고 나한테 도움을 청했으면 뭔가 수를 내 볼 수도 있었겠지. 하지만 넌 나한테도 숨겼잖아, 인마.

준호 : (집게손가락 끝에 코딱지를 올려놓고 구경하면서) 그게 너를 즐겁게 해 주려고 그랬다고 했잖아, 자식아. 친구를 즐겁게 해 주려고 말이야.

나 : (내 코딱지도 파내고 싶은 걸 간신히 참으며) 어휴, 코딱지…… 이 지저분한 놈, 둘러대는 거 하고는.

준호 : (퍼뜩 제정신으로 돌아와서) 야, 잠깐. 쟤가 우리 쪽으로 오는데?

준호 말대로 경민이가 우리 쪽으로 걸어오는 게 보였어. 그게 정말 우리를 향해서 온 것인지 그냥 우연히 방향이 그렇게 된 것인지는 알 수 없었어. 어쨌든 준호와 난 입을 다물고 눈짓을 주고

받은 뒤에 급히 다른 곳으로 뛰기 시작했어.

뛰어가면서 준호가 말하더군.

"야, 쟤가 정말 미쳐서 우리 두 사람을 동시에 좋아하고 있는 거 아닐까?"

"어이구, 내가 이래서 너를 괴물이라고 부르는 거야. 네가 아니면 누가 그런 상상이나 할 수 있겠냐?"

"그러니까 어서 삼천 원을 내놔. 나를 피시방에 데려가든지."

B천은 차들이 다니는 큰길을 따라서 이어지다가 버려진 황량한 지대를 잠시 흐른 다음 고만고만한 주택들이 몰려 있는 동네 앞으로 지나가. 그러고는 조금 뒤 다시 사람도 없고 나무도 없고, 오로지 씽씽 달려서 사라져 버리는 자동차들만이 있는 큰길을 따라 흘러가서 마침내 한강으로 연결되지.

준호와 난 다른 아이들을 훨씬 앞질러 하천을 따라 마구 달린 다음 옆으로 빠져서 누런 잡초가 우거진 황량한 공지를 내달려 동네의 옆구리로 파고들었어. 그 동네의 골목을 이리저리 어슬렁거리다가 정상적인 코스를 따라 움직이고 있는 착한 아이들이 동네 앞 하천으로 나타나면 합류할 생각이었지.

그때쯤 우린 경민이 얘기도 3000원 얘기도 하지 않았어. 그걸 가지고 옥신각신했던 건 순전히 심심해서 일부러 그랬던 것인데 그만 하면 충분히 이용해 먹었기 때문에 그걸 가지고 계속 놀고 싶지는 않았던 거지. 너도 경험이 있겠지만, 단물 빠진 껌을 계속 씹고 있으면 나중엔 쓴맛도 나고 이에 달라붙고 골도 아프고 그렇잖아?

우린 이제 새로운 먹이에 몰두했어. 낙엽이 많은 그 동네의 골목을 걸으면서 우리 눈에 띄는 모든 것에 대해서 씹기 시작했다고. 이 동네는 분위기가 어떻다느니, 저 빨랫줄에 널려 있는 팬티는 희한하게 생겼다느니, 이전에 보았을 때랑 도무지 변한 게 없다느니 어쩌고저쩌고.

그런데 말이야, 얼마 뒤였어. 어떤 집의 시멘트 담 밖으로 가지를 뻗고 있는 한 나무가 내 눈에 딱 들어오지 않겠어? 담 아래에 뒹구는 낙엽과 함께. 어, 이거, 하고 난 바라보았어. 그러고는 바로 알아차렸지.

'목련이잖아!'

순간, 혜리와 나눴던 얘기가 떠오르면서 어디선가 날아온 돌멩이가 딱 하고 내 이마를 치더군(혜리는 그 시간에 1, 2학년 독서왕들과 함께 도서실 책 정리 봉사를 하고 있었지). 그래서 지금 즉시 내가 무엇을 해야 하는지 깨닫게 해 주었어.

"야, 내가 중요한 거 하나 가르쳐 줄게."

난 준호에게 말했어.

"뭐?"

"내가 하는 말을 끝까지 잘 들어주면 내 가방에 꼭꼭 숨겨 둔 소시지를 하나 줄게. 좋아?"

녀석의 대답은 들을 필요도 없었어. 소시, 라는 두 음절까지 말했을 때 이미 입에 침이 고이기 시작했으니까.

"좋아, 해 봐."

"이걸 봐."

난 반쯤 옷을 벗은 목련을 가리키며 말했어.

"이게 뭐?"

"이게 뭔지 알겠어?"

"뭐, 그야 나무지. 분명히."

"야, 봉준호."

"왜?"

"내가 한 수 가르쳐 줄 테니까 잘 들어 봐. 염량세태(炎凉世態)라는 말이 있어."

"뭐? 무슨 태?"

"염량세태, 인마!"

"그게 뭐야? 소시지는 아닐 테고."

"염량은 추위와 더위라는 말인데, 흥하고 쇠퇴하는 걸 뜻하기도 해. 그걸 빗대서 권세가 있을 때는 아부하고 몰락하면 푸대접

하는 세상 인심을 염량세태라고 하지."

"그래서 소시지는 언제 줄 거야?"

"네가 나무라고 확신하고 있는 이놈은 목련이야. 지난봄에 너도 교정 여기저기 피어난 목련꽃을 보면서 예쁘다고 감탄했던 거 기억하겠지?"

"아아, 이게 목련이었어? 근데 소시지는?"

"끝까지 들어 봐, 자식아. 목련꽃이 권세는 아니지만 아름다운 꽃이 피면 좋다고 너도나도 확 달려들었다가 꽃이 지고 나면 다들 외면해 버리는 것도 같은 거 아니겠어? 그러니까 '목련꽃 세태'라는 말도 가능하겠지? 넌 이 나무가 목련이라는 것도 모르잖아, 응? 이 못된 놈아, 내 말이 무슨 소리인지는 알겠어?"

"그래서 소시지는?"

"알겠냐고, 이 자식아!"

"소시지는, 이 자식아!"

그때 아이들의 환호 소리가 들려왔어. 착한 봉사대의 선두가 그 동네로 들어왔던 거야. 그런데 녀석들이 왜 개선 군대라도 되는 것처럼 괴성을 질러 대는지는 알 수 없었어. 괴성의 정도로 봐서 우리가 상상하지 못한 무슨 일이 발생한 게 틀림없었어.

준호는 지저분한 담에 씌어 있는 '바보야!'라는 낙서에 눈길을 고정한 채 귀를 기울였어. 소리는 계속 들려왔어. 야호 소리와 아이들을 외쳐 부르는 소리가 마구 뒤섞여 있었지. 준호가 나를 바라보았어. 녀석의 눈이 반짝이고 있더군. 뭔가 재미있는 일이 일어난 게 틀림없다고 판단한 거야.

"가 보자!"

녀석이 말했어. 그러고는 소시지 한 덩어리를 주운 개처럼 달려가기 시작했어. 나도 녀석을 따라 최고의 속도로 달려서 골목을 빠져나갔지.

여자 애들 몇 명이 언덕에 서서 남자 애들의 괴성이 들려오는 하천 바닥 쪽을 보고 있더군. 그 애들 곁으로 가서 아래를 보니 바싹 마른 하천 바닥과 완만한 경사의 언덕이 만나는 곳에 아이들이 떼로 몰려 있었어. 난 여자 애들한테 뭐냐고 물으려다가 이미 언덕 아래로 내려가고 있는 준호의 꽁무니에 따라붙었어. 우리가 가까이 가자 무리에 끼어 있던 공범자 승호가 뒤를 돌아보다가 우리를 발견하고는 말했어.

"야, 왕건이야! 땡잡았어!"

가까이 가 보니 그건 일인용 소파였어. 누가 버려 놓은 것을 애들이 발견했던 거야. 애들은 이미 그걸 마구 쥐어뜯고 있었어. 몇몇 아이들은 마치 짐승의 껍질을 벗기듯이 찢어진 인조 가죽을 뜯어내고 있었고, 다른 애들은 찢어진 곳에 손을 넣어 스펀지를 파내고 있었어. 당연히 그걸로 자기 비닐봉지의 빈자리를 채웠지.

"에이, 저걸 내가 발견했어야 했는데."

준호가 억울하다는 듯 말했어. 그러고는 아이들을 헤치고 소파에 달라붙더니 미친놈처럼 쥐어뜯기 시작했어.

난 몇 걸음 떨어져서 그 난리법석을 지켜보았지. 애들의 모습은 꼭 사냥에 성공한 하이에나 무리 같더군. 너도 알지, 하이에나? 그 자식들은 일단 사냥감을 주저앉히기만 하면 그놈을 살아 있는 상태에서 마구 뜯어먹잖아. 녀석들이 특히 좋아한다는 내장부터 말이야. 우, 끔찍해!

언덕에 도착한 아이들도 하나 둘 하천 아래로 뛰어내려 와서 소파 쥐어뜯기에 합류했어. 분위기가 그렇게 흘러가니까 처음엔 구경만 하던 여자 애들까지 그 축제에 참여했지. 뒤늦게 나타난 선생님은 미소 띤 얼굴로 언덕에 서 있었고. 선생님은 말릴 생각이 없어 보였어. 말려 봤자 소용없다고 생각했겠지. 사실 그것도 쓰레기가 분명하니까 말이야. 뭐, 소파가 쓰레기를 줍기 시작한 처음이 아니라 아이들이 웬만큼 쓰레기를 줍고 난 뒤에 발견되어 다행이라고 생각했을지도 모르지.

난 순전히 재미로 소파의 내장을 후벼 파고 있는 준호를 바라보았어. 녀석은 다른 아이들, 특히 여자 애들의 봉지를 채워 주기 위해서 소파 깊숙이 팔뚝을 집어 넣어서 스펀지를 뜯어냈어. 실실 웃어 가면서. 녀석에게 확인해 보지는 않았지만 아마 속으로는 틀림없이 이런 말을 했을걸?

'야, 김영미, 너 나한테 빚졌어. 잊지 마. 한예슬, 너도. <u>으흐흐흐흐……</u>'

조금 뒤 우리의 늦가을 봉사는 막을 내리기 시작했어. 그에 따라 아이들이 두세 명씩 짝을 지어 이곳저곳에서 멋대로 올렸던 무대도 막을 내리고 있었지. 우린 이런저런 주운 쓰레기와, 하이에나처럼 쥐어뜯은 소파 부스러기와, 준호가 준 페트병으로 채운 비닐봉지를 선생님이 어디선가 꺼내 놓은 여러 개의 커다란 자루에 던지기 시작했어. 그런 다음 바쁜 개미들처럼 어디론가 떠나갔지. 각자 가고 싶은 곳으로.

거의 순식간이었다, 라고 말해도 좋을 것 같아. 아이들은 우르르 몰려들어 쓰레기를 던지고는 우르르 돌아섰어. 오 분도 안 되어 대부분 사라져 버리고 이제 드문드문 보였어. 마치 한꺼번에 땅속으로 스며들어 버리기라도 한 것처럼. 물론, 나도 그렇게 재빨리 사라져 버린 아이들 중의 하나였지.

난 동네 골목으로 뛰어가서 오줌을 눴어. 골목에 눈 건 아니고 준호와 음료수를 사 먹은 구멍가게 아줌마한테 부탁해서 그 집 마당에 있는 화장실을 이용했지. 그리고 찻길로 나가니 저쪽에 준호가 걸어오는 게 보였어. 그건 의외의 상황이었지. 난 녀석이 이미 골목 입구로 와서 나를 기다리고 있다가 기다린 값을 내놓으라고 할 거라고 확신하고 있었으니 말이야.

 녀석이 다가왔어. 난 녀석에게 나를 기다리게 했으니 PC방 값을 내라고 말하려고 했어. 그런데 그때 녀석이 자기가 걸어온 뒤쪽을 그윽한 표정으로, 그러니까 평소의 준호가 몹시 싫어할 법한 그런 진지한 얼굴로, 좋게 말하자면 제법 분위기가 있는 얼굴로 돌아보는 게 아니겠어?
 '혹시, 이놈이 미쳐서 경민이한테 필이……?'
 "야, 왜 그래? 누구 봐?"
 녀석이 뜻밖의 대답을 하더군.
 "선생님."
 "선생님이 왜?"
 난 멀리 언덕 위에서 자루를 만지고 있는 하늘색 점퍼에 청바지 차림의 선생님을 바라보았어. 이제 곧 정말 선생님 혼자 남게 될 것 같더군. 언젠가 본 적이 있는 풍경이라고 생각되었지. 또렷하지는 않았지만, 언젠가 어디선가 본 것 같은 풍경. 함께 얘기를 주고받으며 소란스러웠던 사람들은 모두 사라져 버리고, 아무도 없이 한 사람만이 홀로 남아 있는 풍경.

'그런데, 준호는 뭘 얘기하고 싶은 거지?'
"도대체 뭐야, 왜 분위기는 잡고 그래?"
내가 말하자 준호는 말없이 걷기 시작했어. 녀석은 고개를 숙인 채 몇 걸음 옮긴 뒤에야 입을 열었어.
"야, 선생님은 저 자루들을 어떻게 할까?"
"어, 글쎄, 모르겠는데?"
난 정말 몰랐어. 생각해 본 적도 없었고.
"너, 마지막까지 남아 있어 본 적 없어?"
준호가 다시 말했고 내가 대꾸했어.
"없는데, 너는?"
"나도 없어. 아마 구청이나 어디서 청소차가 나오겠지?"
"뭐, 그럴 테지. 공무원들도 몇 사람 나올 거고. 그런데 왜?"
"글쎄, 뭐……."
"뭐야, 왜 분위기는 잡고 그래?"
준호는 얼굴에서 낯선 분위기를 걷어 내며 씩 웃고 나서 말했어.
"그냥, 쓰레기 봉지를 자루에 넣고 돌아서서 오는데, 순간적으로 말이야, 아주 순간적으로, 북적대던 아이들이 순식간에 하나둘 떠나 버리는 걸 보니까, 금세 다 떠나 버리면, 그러니까 우리가 다 없어져 버리면, 홀로 남은 선생님이 무척 외로울 것 같더라고. 계속은 아니더라도 최소한 순간적으로는, 와글거리던 아이들이 갑자기 사라져 버리면 순간적으로는 혼자서 무척 외롭겠다 싶었어. 그냥 그랬어, 그냥……."

중얼중얼 말하던 녀석이 말끝을 흐렸지만 난 더 묻지 않았어. 녀석이 말을 하는 동안 저녁놀처럼 가슴 벅찬 어떤 것이 내 속에 펼쳐지고 있었으니까.

내가 이런 점 때문에 준호를 좋아한다니까. 대체로 까불거리고, 때로는 진지함과 철천지원수처럼 보이지만, 알고 보면 녀석의 속마음은 절대로 안 그렇다는 거. 그리고 말이야, 때로, 아니, 아주 가끔 이상하게 진지해져서 분위기를 꽉 잡아 놓고는 그런 자기 모습에 자기가 먼저 머쓱해져서 평소라면 전혀 하지 않을 말을 씩씩하게 해 버린다는 거.

"야, 피시방 가자! 내가 쏠게!"

뭐, 난 이 기특한 녀석의 어깨에 팔을 척 걸치며 말했지.

"그래, 가자! 빨리 가자! (속으로) 네놈 마음 변하기 전에!"

긴 머리 소년

 12월이야. 며칠 있으면 겨울방학이지. 너도 잘 알다시피 이 얘기 이제 중학교 정규 수업이 며칠 안 남았다는 뜻이야. '시원섭섭하다'는 말의 뜻을 이제 좀 알겠어. 나보다 훨씬 오래 산 어른들이 말하듯이, 시원하고 섭섭한 거, 뭐, 그런 게 인생이겠지. 네가 인생을 어떻게 느끼는지는 모르겠지만.
 그런데 말이야, 요즘 우리 학교 애들 두발이 장난이 아니야. 3학년 2학기가 되면서—정확하게는 3학년 여름방학에 들어가면서—다들 경쟁하듯이 머리를 기른 결과지. 네가 중3 남자 애고 지금이 12월이라면 너도 그렇겠지만, 나도 머리가 좀 길어. 1, 2학년 때하고 비교하면 엄청나게 길지. 하지만 우리 반 이한철에 비하면 아무것도 아니야. 새 발의 피라고.

한철이는 우리 반뿐만 아니라 우리 학교에서 머리가 제일 길어. 한마디로 우리 학교의 왕이야, 두발 왕! 이한철 왕은 멀리서도 잘 보여. 머리카락이 너풀너풀 날리니까. 바람이 불지 않아도 왕의 검은 머리카락은 허공에서 너풀거려. 왕이 성큼성큼 걷는 것만으로도 머리카락이 춤을 춘다고.

선생님들은 왕과 마주칠 때마다 한 마디씩 해. 그럼 왕은 씩 웃기만 하지. 거의 말이 없어. 엄청나게 과묵한 애야. 도대체 속에 뭐가 들어 있는지 알 수가 없어. 하지만 어쨌든 잘생긴 편이고 늘 밝은 표정이야. 그래서 원래부터 여자 애들에게 인기가 좀 있었는데, 요즘은 머리가 짧은 1, 2학년 남자 애들의 영웅이야.

말했다시피 나도 머리가 제법 길긴 해. 하지만 왕에 비하면 아무것도 아니야. 왕이 '장발'이라면 난 '빡빡'이라고. 그래서 뭐 어쨌다는 거냐 하면, 내 머리가 그런 수준임에도 불구하고 엄마가 시도 때도 없이 머리 타령이라는 거야. 뭐, 보기가 싫다는 거지.

한번은 밥을 먹는 나를 계속 바라보았어. 그윽한 눈길로, 내가 오해할 만한 따스한 눈길로, 그러니까 내가 청양고추 멸치 졸임 같은 걸 입이 아니라 콧구멍으로 잘못 넣지 않는지 지켜주고 있는 거라고 믿게 만들 만큼 포근한 눈길로 말이야.

하지만 난 속아 넘어가지 않았어. 어림도 없지. 엄마의 따스하고 부드러운 눈길 속에 묻혀 있는 암호를 읽어 내는 게 나의 특기이자 취미니까.

'어이구, 머리꼴 하고는. 쯧쯧!'

엄마의 눈빛엔 이런 말이 쓰여 있었어.

"한철이는 엄마보다 훨씬 더 길어요."

난 한마디 할까 말까 갈등하다가 결국 그렇게 말했어. 그러자 엄마가 기다렸다는 듯이 바로 받아서 말하더군.

"안 그래도 며칠 전에 슈퍼마켓에서 한철이 엄마 만났는데 한철이 땜에 환장하겠다고 하더라."

국어사전을 보니까 환장은 마음이나 행동이 비정상적인 상태로 달라지는 것이래. 한마디로 한철이 엄마가 한철이 때문에 '괴물'이 된다는 거지.

"왜 환장을 해요? 왕인데."

"왕이라니?"

"두발 왕."

"어이구, 내가 못살아, 정말. 바로 그 지저분한 머리 때문이지 뭐 때문이겠니? 도대체 너희는 왜 그렇게 기를 쓰고 머리를 길러 대는 거니?"

이런 질문에 대답하는 방법은 딱 하나지. 그 질문을 그대로 되

돌려 주는 거야.

"그러는 어른들은 도대체 왜 그렇게 기를 쓰고 머리를 자르려고 해요?"

엄마는 잠시 생각하는 표정이 되더니 말했어.

"단정한 게 좋잖아. 보기도 좋고 위생적이기도 하고."

나도 지지 않고 말했어.

"길어도 보기 좋아요. 요즘은 매일 샤워를 하니까 머리가 긴 것하고 위생하고는 아무런 관계도 없고요. 아니, 머리가 길면 오히려 더 정성 들여서 감아야 하니까 더 위생적이지 않겠어요?"

엄마는 또 잠시 생각하는 표정이 되더니 말했어.

"아직 학생이니까 단정한 게 좋잖니?"

학생이니까!

학생이니까!

어른들은 이 말이 얼마나 우리를 열 받게 하는지 모르는 것 같아, 그렇지? 그냥 별 생각 없이 아무 때나 막 하는 걸 보면 말이야. 그래, 우린 학생이 분명하지. 하지만 뭐, 우리가 학생이라는 건 그냥 우리가 학생이라는 것일 뿐이지. 그거하고 머리하고 무슨 상관이 있지?

"그건 어른들도 마찬가지죠."

내가 말했어.

"무슨 소리냐?"

"단정한 게 좋은 거 말이에요. 하지만 어른들은 자기들 마음대로잖아요. 어떤 사람은 장발을 하고 어떤 사람은 빡빡을 하고. 그래도 우리 학생들이 간섭하지 않는다고요."

"그래, 머리를 길러서 좋은 게 뭐니?"

"솔직히 말하자면 사실 별거 없어요."

너도 그렇지 않니?

"그냥 내 맘대로 한다는 거죠 뭐. 하지만 그건 아주 중요해요. 계속 못하게 하니까 더더욱. 그리고 애들이 다 길게 기르고 있는데 나 혼자 군인처럼 깎고 있으면 바보 같을 테고."

엄마는 다시 잠시 생각하는 표정이 되더니 말했어.

"맘대로 해 본다는 게 중요하긴 하지. 그렇지만 다른 애들이 그런다고 따라 하는 건 주체적이지 못한 거 아니니?"

이번엔 내가 잠시 생각하는 표정을 지어야, 아니 정말로 생각을 해야 했어. 사실 그게 맞는 말이거든, 엄마 말이. 하지만 그렇다고 그걸 순순히 인정해 버릴 순 없지 않아?

"엄마."

"왜?"

"우린 애들 전체가 집단적으로 주체적이야!"

엄마는 내 말이 무슨 뜻인지 순간적으로 알아듣지 못했어. 눈을 멀뚱하게 뜨고 나를 바라보더니 이윽고 내 말을 알아듣고는 "어휴, 이 녀석이" 하며 손바닥으로 내 등을 한 대 때렸어. 그냥 가볍게, 귀엽다는 듯이, 어린애들 엉덩이를 토닥이듯이.

"아빠 닮아 가지고 말은 참 자아아아아알도 하는구나."

"부전자전이라는 말도 있잖아요."

"난 모전자전이 좋아."

'모전자전?'

"바로 그거예요. 그래서 내가 엄마 비슷하게 머리를 기른 거예요."

엄마는 지난여름부터 엄마의 표현에 따르면 '단발머리와 쇼트커트의 절충 스타일'인 제법 근사하고 개성적인 머리를 고수해 오고 있어. 그런데 내가 몇 번 자르고 정리해 가면서 머리를 기르고 보니 엄마 머리랑 비슷하게 되었던 거야.

내 말에 엄마가 웃음을 터뜨리더군.

"어이구, 말하는 거 보면 네가 자라긴 자라나 보다."

"당연히 자라죠. 몸이 자라는데 '머리'라고 가만히 있겠어요?"

엄마가 머리를 단정하게 자르라고 수시로 얘기한 반면 아빠는 그냥 내버려두라는 쪽이야. 엄마보고 그렇게 말했지. '자유에 도취되어 자기 머리를 잡아 뽑거나 불태우려고 하기 전에는' ─이건 아빠가 한 말을 꼭 그대로 옮긴 건데, 그러고 보면 아빠도 상상력이 좀 독특한 분인 거 같아—그냥 하고 싶은 대로 하게 놔둬야 한다고 했어.

가끔 그 문제로 엄마와 아빠가 충돌하기도 했지. 심하게 그런 건 아니고, 그냥 좀 재미를 느낄 만한 수준의 열을 내면서 말이야. 무슨 일이든지 열이 좀 나야 재미가 있잖아? 너무 뜨거워서 불이 나 버리면 곤란하지만, 뜨거우면서도 불은 나지 않고, 그렇지만 불이 날까 봐 불안한 열이면 딱 좋지.

아빠의 주장은 이런 거야.

'하지 말라는 게 너무 많으니까 기회가 있을 때—그러니까 요즘 같은 중학교 3학년 2학기 같은 때 말이지—그냥 마음껏 자유를 누려 보는 게 좋아. 그래야 자유가 뭔지 배울 게 아니야? 자꾸 못 하게 하면 더 하고 싶어지는 게 인간이라고. 안 해 본 걸 갑자기 하면 사고가 나고. 어쩌고저쩌고.'

엄마는 다르게 얘기하지.

'불과 몇 년 지나면 대학생이 되는데 그러면 그때부터 죽을 때까지 대체로 자유롭게 살아. 그 자유를 슬기롭게 잘 사용하려면 미성년 시절에 적절한 규율을 몸에 익혀야 해. 머리를 단정하게 깎으라는 것도 그 때문이야. 이것도 인생 훈련의 하나라고. 어쩌고저쩌고.'

결론은 다음과 같아.

먼저 아빠. "당신이나 나나 같은 생각이라니까."

그 다음 엄마. "그런데 왜 결론은 항상 정반대지?"

한번은 어쩌다 보니 아빠랑 내가 한편이 되어서 엄마를 상대하게 되었는데, 그때는 엄마가 다른 결론을 내렸어.

"내가 딸을 낳았어야 했는데."

뭐, 그런 감정이 들 수도 있겠지. 그건 이해할 수 있어. 그렇지만 아빠가 이렇게 맞장구를 친 건 도대체 뭐지?

"그래, 내가 원했던 게 바로 그거야!"

'헐, 딸을 원했다고? 그럼 난 뭐야?'

내가 쳐다보자 아빠가 엄마 몰래 내게 윙크를 했어. 그러고는 생각지도 못했던 말을 하더군.

"사실, 나도 고등학생 때 두발 왕이었어. 애들이 나를 '긴 머리 소년'이라고 불렀지."

엄마와 내가 믿을 수 없다는 표정으로 쳐다보자—특히 엄마가 더 그랬어—아빠는 이때가 오기를 기다렸다는 듯 사연을 들려주었어. 아빠는 먼 옛날을 회상하는 사람들의 얼굴에 흔히 떠오르는 아득한 표정이 되더니 "한 소년이 있었지" 하고 한철이 머리처럼 긴 얘기를 시작했는데, 난 그걸 너에게 다 들려주고 싶어. 왜냐하면 우리 아빠가 한 얘기니까! 그리고 길게 얘기하느냐 짧게 얘기하느냐, 그건 전적으로 내 자유니까, 내 자유!

소년은 고등학교 1학년이었는데, 그때는 모든 게 어려웠대. 먹고살기도, 자유를 느끼기도, 품위를 지키기도. 군인들이 정치를 했기 때문에 사회가 온통 군대식이었는데 학교도 그랬대. 걸핏하면 단체기합이고 '따귀'였대. 교복 단추가 하나만 떨어져도 따귀고, 멋대로 극장에 가도 따귀고, 머리가 조금만 길어도 따귀였대.

소년이 다닌 학교는 스포츠형—말이 스포츠형이지 실은 빡빡과 다를 바 없는 아주 짧은—머리가 교칙이었대. 물론 교칙을 어기면 따귀에다 '고속도로'였지. 고속도로란 바리캉으로 머리 정중앙에 하얗게 길을 내는 걸 말해. 한마디로 험악했는데, 바로 그런 상황에서도 소년은 머리를 최대한 길게 유지했대.

"왜냐하면 그게 소년이 자유를 느낄 수 있는 유일한 방법이었기 때문이지."

아빠가 말했어.

소년의 머리는 학교가 허용하는 머리보다 최소한 서너 배는 길었대. 그렇게 해서 소년은 긴 머리 소년이 되었던 거지. 긴 머리 소년은 당시 유행하던 '긴 머리 소녀'라는 노래에서 따온 거였대.

뭐, 좀 우습더군. 그래서 물어봤어.

"하지만 아빠. 그래 봤자 이 센티미터도 안 됐을 텐데 정말 긴 머리 소년이라고 했어요?"

"그럼. 틀림없어. 그땐 그것만으로도 긴 머리였으니까. 소년은 인기가 하늘을 찔렀지. 다른 녀석들이 감히 하지 못하는 걸 그 소년만은 해냈기 때문이야."

여름방학을 열흘쯤 앞둔 어느 토요일. 소년의 머리는 눈에 띄게 길었대. 그건 방학 동안 '진짜' 긴 머리 소년이 되기 위한 작전의 결과였대. 소년의 계획은 방학하는 날에 머리 길이가 최고에 이르도록 하는 것이었대. 하지만 날짜 조절을 잘못한 것인지, 여름이라 비가 많이 와서 머리가 더 빨리 자란 것인지 방학을 하려면 아직 열흘이나 남았는데 머리 길이는 한계를 넘어도 한참 넘어서 있었대.

그날 조회 시간에 우려했던 일이 일어났대. 담임이 소년을 보고 머리를 바짝 깎고 오라고 했다는 거야. 소년은 실망했지만 그렇게 하겠다고 공손하게 대답했대. 왜냐하면 선생님이 모범생인—정말이겠지?—소년에 대해서 평소에 아주 너그러우셨기 때문이래. 또, 어차피 머리를 깎아야 한다면 방학하기 전에 한시라도 빨리 깎아야 다시 빨리 자랄 테니 말이야.

마음이 급했던 탓이었을까. 소년은 점심을 먹은 다음 심하게 체했다고 해. 그래서 이발소로 향하던 발길을 약국으로 돌려 약을 사 먹은 다음 집으로 가서 이불을 깔고 드러누웠대. 뒤틀리는 속을 가라앉힌 뒤에 머리를 깎으러 갈 생각이었던 거지. 하지만 소년은 내리 밤이 될 때까지 자 버렸대. 소년의 어머니, 즉 어릴 때 똥통에 빠진 나를 깨끗이 씻어 주셨던 나의 할머니가 깨워 주지 않았던 거지. 한숨 푹 자고 빨리 나으라고 말이야.

소년은 깨워 주지 않은 어머니에게 화를 내고는 부리나케 이발소로 달려갔지만 이발소는 이미 문을 닫은 뒤였대. 당연히 머리를 깎을 수 없었지. 소년은 밥도 안 먹고 다시 이불 속으로 들어갔대. 그리고 모두 잠든 뒤에도 말똥말똥 깨 있다가 꼭두새벽에 배가 고파서 밥과 김치를 꺼내 신나게 먹고서야 잠이 들었대. 그리고 다음 날, 해가 훤하게 떴을 때 극심한 통증을 느끼며 깨어났대. 다시 체해 버렸던 거야.

"그때는 배탈이 났다고 일요일에 병원 응급실을 찾는 건 상상도 할 수 없는 일이었지."

게다가 어쩐 일인지 문을 연 약국도 보이지 않았대. 소년은 그저 견디는 수밖에 없었대. 어머니가 손가락을 따 주고 배를 사 와서 즙을 내 마시게 했지만 창자가 꼬이는 통증은 오히려 더 심해

졌대.

 소년은 하루 종일 아팠다 조금 괜찮아졌다 하는 배를 끌어안고 땀을 흘리며 방바닥에서 뒹굴었대. 거의 아무것도 먹지 못했기 때문에 나중에는 정신이 아득해졌고, 졸다 깨다 하는 사이에 더운 초여름 하루가 후딱 지나가 버렸대.

 "그래서 머리를 깎아야 한다는 걸 까맣게 잊어 버렸지."

 소년은 밤새 비몽사몽 전전긍긍했대.

 "어머니가 두 번 방으로 와서 물을 마시게 했는데, 꼭두새벽에야 정신이 또렷이 돌아왔지."

 그리고 또 허기를 느끼면서 밥 생각을 하다가 까맣게 잊고 있었던 머리에 생각이 미쳤대.

 "소름이 돋고 머리털이 곤두서면서 이마에 식은땀이 솟아오르더구나. 큰일 났다 싶었지. 아침 일찍 머리를 깎는 수밖에 없는데 그 시각에 문을 연 이발소가 있을지 의심스러웠어."

 그래도 찾아봐야 하니까 소년은 엄마의 손을 뿌리치고 빈속으로 일찍 집을 나섰대. 하지만 문을 연 이발소는 없었대. 소년은 한참 동안 길 잃은 개처럼 이리저리 돌아다녔대.

 "어느 순간 갑자기 서러움과 분노가 불길처럼 치밀어 오르더구나. 내가 죄인이야? 왜 내 머리를 내 마음대로 못하게 하는 거지? 왜 나를 괴롭히는 거야, 왜? 앙?"

아빠는 커피를 한 모금 마시고 계속했어.

"학교를 빼먹을까 하는 생각이 들더구나."

하지만 소년은 초등학교부터 그때까지 단 한 번도 결석을 한 적이 없었대. 그래서 갈등하다가 에라 모르겠다, 하고 당당하게—하지만 힘이 없어서 비실비실—학교로 갔대.

"텅 빈 교문. 텅 빈 교정. 텅 빈 복도. 텅 빈 교실. 텅 빈 내 속. 모든 게 텅 비어 있었지. 텅, 텅, 텅!"

이때 엄마가 한마디 했어.

"어이구, 폼은 되게 잡네."

소년은, 아니 아빠는 개의치 않고 얘기를 계속했어.

"책상에 앉으니까 축 늘어지면서 참을 수 없는 졸음이 몰려오더구나."

그래서 소년은 엎어져 잠이 들었대.

"달콤한 잠이었지. 정말 달콤한 잠."

소년은 78명이나 되는 반 아이들이 하나 둘 오는 동안 한 번도 깨지 않고 자다가 조회 시간이 되어서야 깨어났대. 그것도 선생님이 강제로 깨워서.

선생님은 무척 화를 내셨대.

"머리도 깎지 않고 온 녀석이 아침부터 엎어져 자고 있었으니까."

　선생님은 소년의 귀를 잡고서 앞으로 끌고 나갔대.

　"난 뭔가 재수 없는 꿈을 꾸고 있다고 생각했지. 선생님이 교단에 올라서서 나를 내려다보며 따귀를 때렸을 때에야 꿈이 아니구나 생각했어. 선생님이 그러시더구나. '이놈이 귀엽게 봐 주니까 막 엉겨 붙네.'"

　보통은 체벌을 가할 때도 미소를 띠는 분이었는데 그날은 전혀 그렇지 않았대.

　"내가 잘못하긴 했지. 하지만 그래도 네 대째를 맞았을 땐 불쑥 화가 치밀어 오르더구나. 노랗게 뜬 내 얼굴을 보면 어디가 아프구나, 하고 쉽게 짐작할 수 있을 텐데 무슨 일이냐고 묻지도 않고 막 때렸으니 말이야. 한 열 대쯤 맞았던 것 같아. 입 속이 다 터져 버렸다니까."

　그런 다음 소년의 머리엔 하얗게 고속도로가 뚫렸대. 아이들이 위로해 줬지만 소년은 서러움이 풀리지 않았대.

　"아마 아파서 더 그랬을 거야."

　어머니가 조퇴하고 오라고 했지만 소년은 반항심이 발동해서 한 시간 한 시간 견뎠대. 그렇게 견디는 게 선생님에 대한 앙갚음이라도 되는 양.

"수업이 모두 끝날 때까지 버틸 생각이었지. 처음엔 조퇴를 할 생각이었지만 맞고 나서 마음을 바꿨던 거야."

하지만 점심시간이 되었을 때 고속도로가 난 긴 머리 소년은 더 이상 견딜 수가 없었대. 식은땀이 줄줄 흘러내렸고, 2교시가 지난 뒤부터 다시 시작된 통증이 가끔 정신이 아득해질 만큼 심했대. 아이들이 도시락을 꺼내서 점심을 먹기 시작하자 헛구역질까지 났대.

"그런데 갑자기, 현서야, 그리고 여보. 잘 들어. 여기가 클라이맥스야."

마른하늘에 우르릉 쾅쾅 천둥이 치더니 구원처럼 맹렬한 소나기가 퍼붓기 시작했대. 고속도로 소년은 벌떡 일어났대. 그리고 앞으로 나가서 자작시를 낭송했대.

"지금은 기억하지 못하는데 저 소나기처럼 나는 자유롭게 살고 싶다, 뭐 그런 내용이었어."

그런 다음 소년은 어떤 애의 가방에서 긴 곱슬머리 가발을 꺼내 고속도로가 난 머리에 쓰고 밖으로 나가 금세 물바다가 되어 버린 운동장을 미친 듯이 뛰어다녔대.

"얼굴을 때리는 빗방울들…… 그 빗방울들이 하늘에서 끌고 내려온 서늘한 바람…… 대지에서 피어오르는 흙냄새…… 병풍처럼 둘러선 사방의 초록 나무들…… 아…… 소년은 비바람이 몰아치는 드넓은 초원에 있다고 상상하면서 마구 날뛰었지. 모든 것들과 한마음이 되어서 춤을 추었어. 그러자 마음에 가득 찼던 울분이 풀려 나가더구나. 끊어질 것처럼 아프던 속도 편안해져 갔고."

어느 순간, 아이들의 함성이 들려왔대. 돌아보니 창문마다 아이들이 얼굴을 내밀고 긴 곱슬머리 가발을 뒤집어쓴 고속도로 소년을 응원하고 있었대. 잔인한 고속도로와 열 대의 따귀를 모르는 다른 반 아이들까지, 아니 모든 교실의 창문에 아이들이 얼굴을 내밀고 환호하고 있었대.

"다들 자유가 그리웠던 거야. 속박에서 벗어나고 싶었던 거지."

소년은 더욱 신이 나서 날뛰었대.

"그런데 그때……"

"잠깐!"

엄마가 다시 끼어들었어. 속을 알 수 없는 야릇한 표정이었던 엄마의 얼굴에 노골적인 미소가 떠올랐어.

"이거 다 뻥이지?"

"뭐라고?"

"지어낸 얘기잖아."

"아니야."

"그럼 왜 그동안엔 나한테 이 얘기 한 번도 안 했어?"

"그야 현서가 크면 들려주려고 그랬지."

"말도 안 돼."

"정말이라니까."

"좋아. 그럼 그 가발은 뭐야? 그게 말이 돼?"

"그 애 엄마가 미장원을 했다니까."

"두발을 그렇게 엄격하게 단속하던 시절에 가발을 가방에 넣어 가지고 다닌다는 게 말이 되냔 말이야. 수시로 가방 검사도 했잖아. 여자들도 그랬으니까 남자들은 더 그랬겠지. 아니야?"

"일단 다 들어 보라니까."

"엄마, 그게 좋겠어요."

"그런데 그때……"

아빠는 재빨리 이야기를 이어 갔어. 운동장 저편에서 우비를 입은 사람이 걸어오는 게 보였대.

"교련 선생이었지. 그때는 고등학교에서도 군사 교육을 받았는데, 군인 출신 선생들이 그걸 담당했어."

그들은 학교 선생이면서도 군인과 똑같이 군복을 입고 군화를 신고 있었대. 그러니까 그런 군인 아닌 군인들 중의 하나가 가발을 쓴 긴 머리 소년을 잡으려고 출동한 거였대.

긴 머리 소년 | 113

하지만 소년은 순순히 잡혀 주지 않았대. 군복이 가까이 다가오면 달아나고, 멀어지면 멈춰 서 있고, 군복이 가까이 오면 또 달아나고, 멀어지면 또 서 있고 그랬대.

"아이들은 고함을 지르고 난리였어. 거의 투우장 같았지. 당연히 내가 소였어. 지금의 내 나이쯤 됐던 군복이 투우사였고. 하지만 소가 투우사를 가지고 놀았지. 철저히! 하하하."

아빠는 통쾌하다는 듯 계속 웃었어. 그러고는 심호흡을 한 다음 말을 이었어.

"하지만 현서야, 모든 일에는 끝이 있게 마련이야. 나의 축제 역시 막을 내렸어. 갑자기 시작됐던 소나기가 갑자기 그치며 햇볕이 쨍쨍 났던 거야. 소년은 더 이상 비바람이 몰아치는 드넓은 초원에도 투우장에도 있지 않았어. 아이들의 함성은 계속되었지만 소년은 동작을 멈췄지. 이것으로 충분하다는 생각이 들었으니까."

소년은 군복이 다가와도 더 이상 도망치지 않았대. 웃는 낯으로 군복에게 잡혀 주었대. 군복은 흠뻑 젖은 소년에게 일단 강력한 따귀를 선물했대. 그리고 가발을 벗겨서 하얗게 고속도로가 드러나게 했대. 그런 다음 귀를 잡고 교무실로 끌고 갔대.

"또 좀 맞았지."

하지만 많이 맞지는 않았대.

"내 표정이 이상하게 밝아 보이니까 선생님도 조심스러워서 그랬던 것 같아. 이놈 머리가 이렇게 된 거 아니야? 하고 말이야. 하하하. 아, 비를 맞으면서 미친 듯이 운동장을 뛰었던 그 시간을 생각하면 지금도 막 가슴이 뛰어. 정말이지 내 인생에서 그렇게 통쾌하고 황홀했던 순간은 다시없었어. 하하하."

"도대체 이 얘기를 왜 한 거야?"
엄마가 묻자 아빠가 말했어.
"그냥!"
"그냥이 뭐야?"
"그냥! 내 자유라니까!"

일주일 전. 수업 끝나고 도서실 전시 공간에서 두발 왕 이한철을 만났어. 혜리가 시화전 패널을 집으로 가져가야 한다며 도와달라고 했거든. 우리 학교는 봄가을로 시화전을 해. 혜리는 그때마다 시가 뽑혀서 전시를 했지. 1학년부터 3학년까지 여러 편을. 그게 다 도서실에 있었는데 이제 집으로 옮기려 했던 거야.
"짠, 내가 나타났다!"
계단을 내려가려는데 화장실에서 준호가 튀어나오며 말했어. 그러고는 아랫입술을 내밀고 자기 이마 쪽으로 입김을 훅 불었어.

눈썹까지 내려와 있는 앞머리를 위로 걷어 올리려고 말이야. 머리를 기르고 나서 생긴 녀석의 버릇이었지.

"어, 짐꾼. 안녕?"

내가 말하자 녀석은 혜리에게 눈길을 던졌어.

"짐꾼이라니, 뭐야?"

"너한테 딱 맞는 일이 있어."

혜리가 말했고 우린 계단을 내려갔어. 그러고는 내가 왜 짐꾼이야, 이것들이 또 나를 엿 먹이려고 어쩌고저쩌고 계속 종알대는 준호와 함께 도서실에 도착해 보니 뜻밖에도 우리의 두발 왕 이한철이 한껏 분위기를 잡고서 시를 보고 있지 않겠어?

'어쭈, 그냥 머리만 긴 게 아니었네.'

애들의 주목을 온통 독차지하고 있는 두발 왕 한철은 우리를 보고 머리를 출렁이면서 씩 웃었어.

"어이, 왕! 방가!"

준호가 말했어.

준호는 1학년 때 왕과 한 반이었지. 하지만 둘이 특별히 친한 건 아니야. 준호 말로는 그때도 아주 과묵하고 속을 알 수 없는 애였대. 혜리는 왕에게 별 관심 없다는 듯 여기저기 붙어 있는 패널을 하나씩 벽에서 떼어 냈어. 내가 그걸 한곳에 모두 모으자 입을 꾹 다문 채 희미한 미소를 띤 왕을 상대로 '노가리를 까던' 준호가 갑자기 손뼉을 짝! 치면서 말했어.

"야, 왕. 너 혜리 시 함 낭송해 볼래? 너 목소리 좋잖아, 인마."

그건 사실이야. 별로 말을 안 해서 들을 기회가 없어서 그렇지 한철이는 목소리가 아주 좋아. 나하고는 한 반이 된 적이 없지만 그러고 보니 혜리하고는 2학년 때 한 반이었어. 국어 선생님이 교과서의 시를 한철이에게 낭송하게 했대. 그러면 여자 아이들이 장난 반 진담 반으로 소리를 지르기도 했고.

왕은 다시 밝게 씩 웃었어. 왕이라는 소리가 듣기에 좋은가 봐. 하긴 일생 동안 왕 소리를 들어 보는 사람이 몇 명이나 되겠어? 넌 들어 봤어? 난 단 한 번도 못 들어 봤어. '발 냄새 왕' 같은 냄새 나는 왕도 되어 본 적이 없지.

왕은 쑥스러워하며 머뭇거렸어. 그러자 준호가 계속 부추겼어. 혜리는 호기심 어린 표정으로 왕을 보고 있었고, 난 어떤 목소리가 나올까 궁금해하며 기다리고 있었지. 이제 헤어지면 영원히 만나지 못할 수도 있겠지 하는 생각에 순간적으로 마음이 좀 아련해진 채로.

"뭐, 그럴까?"

마침내 왕이 말했어. 그러고는 빙그레 웃으며 시를 읊기 시작했는데, 솔직히 말해서 정말 장난이 아니더군. 왕의 입에서 나온 혜리의 시는 우리를 둘러싼 공기를 진동시키고, 우리의 머리카락을 한 올 한 올 어루만진 다음, 깨끗하고 차가운 유리창을 차르르르 떨게 했어.

   사랑

   아주 섬세하고 고통스러운
   고독처럼
   우울처럼
   날카롭게 들어와 버린
   그대여

   폭풍처럼
   해일처럼
   내게 박히는 시선처럼
   날쌔게 들어와 버린
   나의 사랑

   나의 입에서 흘러나온
   노래처럼
   한숨처럼

나의 마음속에 박혀 버린

그대의 속삭임

저 하늘에 자랑스레 빛나는

해처럼

달처럼

그대 마음속의 보석처럼

내가 영원히 갖고 싶은……

외롭고 쓸쓸한

그림자일지라도

영원히 그대와 함께하고픈……

  왕이 시를 읽는 동안 혜리는 그윽한 표정으로 왕을 주시하고 있었고, 나는 그런 혜리와 왕과 준호를 번갈아 가며 보고 있었고, 준호는 싱글싱글 웃으며 립싱크를 하듯이 입을 벙긋거렸어. 재미있고, 멋있고, 기분 좋고, 포근한 한순간이었지.

  이윽고 낭송이 끝나자 준호가 가장 먼저 환호성을 질렀고, 그 사이에 우리 주위로 다가온 아이들이 박수를 쳤어. 그러나 왕은 그저 씩 웃기만 했지, 왕답게.

"야, 분위기 있는 목소리로 읽으니까 정말 맛이 다른데?"

준호가 말했어. 그러고는 혜리를 바라보며 말을 이었어.

"야, 유혜리. 그런데 이 시는 누구한테 하는 말이야?"

녀석은 그러면서 손가락으로 나를 가리켜 보였어. 그러자 혜리가 평소의 표정으로 돌아오며 말했어.

"바보야, 그냥 사랑 자체를 얘기한 거야. 시가 꼭 구체적인 누구한테 하는 말이니? 그럼 시를 천 편 쓴 사람은 천 명한테 말을 한 거야?"

"그런 거 아니었어?"

준호가 말했으나 혜리는 무시하고 한철이를 돌아보면서 갑자기 물었어.

"야, 이한철. 너, 머리 왜 길러?"

왕은 갑작스런 질문에 당황해서 얼굴이 빨개졌어. 난 당황하진 않았지만 좀 놀랐지. 자기 시를 멋지게 읊어 준 우리의 왕에게 갑자기 칼이라도 들이대듯이 질문을 던졌으니 말이야. 그것도 왕의 상징인 긴 머리에 대해서, 약간 시비를 거는 듯한 도전적인 표정으로 말이야.

왕은 잠시 눈을 내리깔고 있더니 혜리를 바라보면서 어깨를 으쓱했어. 그러고는 어색하게 씩 웃었어. 그러자 한 박자 늦게 뭔가를 떠올린 준호가 마치 왕의 비서라도 되는 것처럼 나섰어.

"그건 말이야, 그냥 그러는 거야, 혜리 너처럼! 아니야, 왕? 그렇지?"

"응, 뭐, 그 그렇지……."

왕이 말했어.

그러고는 두 손으로 탐스러운 긴 머리를 쓸어 뒤로 넘기며 벽시계를 보더니 살짝 놀라는 시늉을 했어. 그래서 다들 덩달아서 시계를 보았지만 아무도 놀라지는 않았지. 아마 걔 시에 빠져 있느라고 시간이 그렇게 흘러간 걸 몰랐던 것 같아. 아니면 무슨 약속이 있었거나.

"안녕."

왕이 말했어. 하얀 손을 코끼리 귀처럼 느릿느릿 흔들면서.

"그래, 안녕."

준호가 말했어. 왕과 꼭 같은 방식으로 손을 흔들면서.

"머리 절대로 자르지 마, 왕! 절대로!"

아, 그런데 말이야. 며칠 전의 일이야. 혜리와 준호와 난 버스 정류장에 서 있었어. 바람이 없고 기온이 높은데다가 한낮이라 오랜만에 태양의 온기를 느낄 수 있었지. 우리가 거기 서 있었던 건 순전히 우연이었어. 어쩌다가 일주일에 한 번쯤 그렇게 마주칠 때가 있어. 준호와 난 학원에 가고—서로 다른 학원이지만 시간대는 비슷해―혜리는 구립도서관에 가는 길일 때.

어디선가 크리스마스 캐럴이 들려오고 있었고, 우리 뒤편 인도를 따라 담 아래에 1000원짜리 물건을 길게 늘어놓고 어떤 아저씨가 장사를 하고 있었어. 공교롭게도 학원 차도 안 오고 혜리가 타고 갈 버스도 안 와서 우리는 물건들을 구경하다가 수다를 떨고 있었지. 그래 봤자 한 십 분쯤 되었던 것 같아. 짧은 시간이라는 걸 아니까 그 시간이 더 재미있고 좋았어.

우리 셋이 차를 놓치지 않으려고 다시 인도 가장자리에 나란히 서 있을 때야. 놀랍게도, 길 건너에 있는 프랜차이즈 이발소 문이 열리면서 우리의 왕 한철이가 나오지 않겠어? 걜 처음 발견한 건 준호였는데 녀석이 "헉!" 하고 장난인지 아닌지 분간이 안 되는 소리를 내서 나와 혜리도 주목하게 되었지. 정말 헉! 소리를 내지 않을 수 없는 상황이었어.

"야, 왕!"

준호가 외치자 왕이 우리를 보았어.

"왜 그랬어, 인마?"

준호가 다시 외쳤어.

왕은 아무 말 없이 우리처럼 인도 가장자리에 서서 가만히 있더니 마침내 주먹을 꼭 쥔 두 팔을 하늘로 쭉 뻗으며 외쳤어.

"야아아아아아~!"

길~게. 아주 길~게. 그리고 크~게!

그런 다음 녀석은 우리를 향해 씩 웃으며 손을 흔들었어. 그리고는 단 한 알의 햇빛도 머물지 못하고 미끄러져 버릴 것 같은 빡빡머리를 반짝반짝 빛내며 저쪽으로 걸어가 버렸어. 뭐, 우리 셋은 어리둥절한 채로 한동안 왕의 하얀 머리를 눈으로 쫓았지. 인파 속에서도 또렷이 보이는—장발보다 훨씬 더 잘 보이더군—하얀 달 같은 녀석의 머리통을 말이야. 그러고는 약속이나 한 듯 셋이 함께 "하하하!" 하고 웃었어.

"왜 웃어?"

한참 웃던 혜리와 나와 준호는 돌아가며 서로에게 물었어.

"넌 왜 웃어?"

"그러는 넌 왜 웃어?"

그러고는 똑같은 대답을 하고 각자 갈 길로 갔지.

"그냥!"

"나도 그냥!"

"마찬가지야!"

모두 다 별

　고등학교 준비로—이게 실은 대학 준비야, 너도 잘 알다시피—다들 이렇게 저렇게 바쁘고 뒤숭숭해. 지금은 1월 하순인데 난 12월부터 본격적으로 학원에 나가기 시작했지. 고등학교 진도를 미리 나가기 시작했다고. 고등학생이 되기도 전에 말이야. 이건 말하자면 앞당겨서 사는 인생이야.
　하지만 뭐, 난 아무것도 아니야. 이미 고3 진도를 나가기 시작한 애들도 있으니까. 걔들은 무려 2년을 앞당겨서 살고 있지. 그런 애들 때문에 점점 더 쫓기는 마음이 되는 것 같아. 너도나도 인생을 앞당겨서 사니까—엄마들이 자꾸만 뒤에서 '똥침'을 놓아서 그렇지 뭐— 정상적으로 인생을 살던 애들도 덩달아서 앞당겨 살 수밖에 없다고.

그 결과, 대학입학 전문학원의 사장님, 아저씨, 아줌마, 형, 누나 들의 입이 모두 귀에 걸려 있어. 왜냐고? 왜겠어, 돈을 많이 벌어서 기분이 엄청나게 좋으니까 그렇지. 그런데 상상력이 독특한 우리 아빠의 주장에 의하면 기분이 너무 좋아도 죽을 수 있대. 뭐, 그러면 인생을 확실히 앞당길 수 있겠지.

별 얘기 아니야. 난 그저 진도 빨리 나가라고 자꾸만 똥침을 놓는 어른들에게 이런 말을 해 주고 싶을 뿐이야.

"예, 알았으니 아저씨 아줌마 들부터 먼저 빨리빨리 진도 나가세요. 더 빨리, 더 빨리, 더더더더더더 빨리 진도 나가서 그냥 내일 밤에 팍 늙어서 모두 한꺼번에 콱…… 안녕!"

대학이라는 '괴물' —이건 혜리의 표현인데— 때문에 생긴 고민에서는 혜리도 예외가 아니야. 난 혜리라면 그런 고민과는 거리가 멀어도 한참 멀 거라고 생각했는데 말이야. 역시 대학은 괴물이야.

얼마 전 밤 아홉 시쯤의 일이었어. 학원 끝나고 지하철을 타고 오는데 혜리가 문자를 날렸어. 역에서 만나자고. 난 그러자고 바로 답을 했지. 평소에도 늘 있었던 일이니까. 우린 밤에 거기서 만나 뭘 먹으며 얘기를 하곤 했어. 주로 혜리가 얘기하는 편이었는데 혜리는 자기가 읽은 책에 대해서 얘기해 줬어.

　뭐, 지겨울 때도 있었지만 대체로 재미있었어. 그러면서 부럽기도 하고, 내 현실에 대해서 화가 치밀기도 했지. 나도 혜리처럼 괴물 진학 같은 건 우습게보면서 자유롭게 살고 싶은데 조금도 그렇게 하지 못하고 있으니 말이야. 하지만 정직하게 말하자면, 누가 나보고 혜리처럼 살라고 하면 난 뒷걸음질을 칠 거야, 아마. 혜리의 자유가 부럽긴 하지만 무리에서 떨어져 홀로 서 있을 만한 용기는 없으니까. 혜리 엄마도 다른 애들 같지 않은 혜리가 불안해 보인다고 우리 엄마한테 말한 적이 있어.

　운 좋게 빈자리가 있어서 처음부터 앉았던 난 차가운 창에 머리를 대고 혜리를 생각했어.

　'오늘은 또 어떤 책 얘기를 할까? 아주 행복에 겨운 표정으로, 입김을 폴폴 내뿜으면서 어쩌면 내가 평생 읽지 못하게 될 어떤 책에 대해서 얘기하겠지? 내가 손도 대 보지 못하고 인생을 종치게 될 어떤 문학 작품에 대해서!'

　그런 생각을 하고 있으려니까 살짝 우울해지더군. 난 혜리처럼 살아갈 용기가 없긴 하지만, 어쨌든 혜리는 펄떡거리는 생선 같은 산소를 자기 마음대로 양껏 먹어 치우고 있는데, 난 항상 때와 장소를 가려 가면서 마치 물이 간 생선을, 그것도 남한테 얻어먹듯이 찔끔찔끔 뜯어먹고 있는 게 현실이니 말이야.

뭐, 그래서 나를 살짝 우울하게 만든 혜리에 대한 복수극으로 이런 상상을 해 봤지.

들어 봐. 저쪽 편에 대형 할인마트가 있고, 지하에서 지상으로 에스컬레이터를 타고 올라오면 몇 개의 가로등과 왼쪽으로 아치가 달린 예쁜 다리가 보이는 지하철역 앞 가로등 아래서 혜리가 나한테 하는 말이야.

'있지, 오늘 말이야. 도서관에서 『오만과 편견』을 다 읽고—현서 넌 이거 못 읽었지?—집에 와서 라면을 끓여 먹고 있는데 엄마가 식탁 맞은편에 앉더니 나를 빤히 쳐다보는 거야. 왜 그러느냐고 하니까 그냥 그러는 거래. 레스토랑엔 안 나가요? 하니까 잠시 쉬는 거래. 그러면서 엄마는 계속 나를 쳐다보았어. 난 라면을 먹으면서 『오만과 편견』의 마지막 부분을 반복해서 상상해 보고 싶었는데—현서 넌 무슨 내용인지 모르니까 상상 자체가 불가능하겠지?—엄마가 계속 쳐다보니까 도무지 상상을 할 수가 없었어. 눈앞에서 나를 빤히 쳐다보고 있었으니 말이야. 조금 지나자 화가 치밀기 시작했어. 왜 날 가만히 내버려두지 않느냔 말이야, 왜? 엉? 엉? 난 수저를 개수대에 챙그랑 소리가 나게 집어던지고 라면 냄비를 베란다로 들고 가서 라면 가락과 국물을—때마침 아래를 지나가던, 걸핏하면 오밤중에 부부싸움을 하는 11층 아저씨 아줌마의 머리 위로 떨어지기를 기도하면서—아래로 퍼붓고 싶었지만, 뭐, 엄청나게 배가 고픈데다가 그걸 다 먹는 게 엄마를 이기는 거라는 터무니없는 오기가 발동해서 결국 그냥 먹기로 했어. 하지만 말이야, 반쯤 먹고 나니 무서울 정도로 맛이 없었어. 그래도 난 누가 이기나 보자 하면서 끝까지 다 꾸역꾸역 먹었어. 그러자 배가 불편해지면서 엄청나게 화가 나고 끔찍할 정도로 엄마가 싫어졌어. 그래서 그때까지 계속 나를 쳐다보고 있던 엄마를 번쩍 쳐들고 두 발부터 우적우적…….'

혜리 : (아치가 달린 다리로 들어서며 느닷없이) 나한테 모든 걸 내 맘대로 할 수 있는 능력이 생긴다면……

나 : (어리둥절해져서) 생긴다면 뭐?

혜리 :(한숨을 푹 내쉬고 나서) 인간들이 모두 각자 자기 별에서 살게 만들어 놓겠어. 별 하나에 사람 하나씩.

나 : (혜리 말을 되새기며) 별 하나에 사람 하나? 각자? 왜?

혜리 : (쌤통이라는 듯) 그럼 서로 간섭하지도 싸우지도 않을 테니까. 아니, 간섭할 수도 싸울 수도 없을 테니까.

나 : (역시 엄마랑 싸웠구나 짐작하며) 하지만 우주 공간에 각자 홀로 떨어져 있으면 외롭지 않을까?

혜리 : (타고난 성질대로 단호하게) 그래도 바글바글 모여서 서로

괴롭히고 미워하는 것보다는 백번 나아.

나 : (관객에게, 즉 나 자신에게) 이런 얘기보다는 새로운 소설 얘기가 백번 나은데. (혜리에게) 하지만 별 차이 없을걸? 별 하나로 만족하는 사람은 한둘뿐일 테니까.

혜리 : 무슨 소리야?

나 : 다들 방이 많은 큰 집을 가지려고 하잖아. 집을 여러 채 가진 사람들도 많고. 그것처럼, 자기 별을 열 개 스무 개 가지면, 별 하나는 침실로 쓰고, 다른 별은 별장으로 쓰고, 또 다른 별은 아이들 공부방으로 쓰고, 화장실 전용 별도 만들고, 남는 건 비싸게 세를 놓을 수 있을 테니까, 별들 간에 전쟁이 일어날 거란 얘기야.

혜리 : (씩씩하게) 하하하!

나 : (방백) 제기랄, 이럴 땐 정말 걱정이라곤 없는 바보처럼 즐거워 보인단 말이야. 혜리의 이런 점은 내가 이해할 수도 없고 흉내 낼 수도 없어. 엄마를 우적우적하고 나온 애처럼 침울한 얼굴로 비관적인 얘기를 하다가도 갑자기 세상 재미있어 죽겠다는 듯이 하하하 웃으니…….

혜리 : (그사이, 다시 비관 모드로 돌아와서) 그럼 서로 오갈 수 없을 만큼 별들을 뚝 떨어뜨려 놓지 뭐.

나 : (관객, 즉 나 자신에게) 역시 과격한 유혜리군! (혜리에게) 야, 그건 너무 무서운 일이야. 그건 지옥 같은 거야. 60억이 넘는

사람들이 제각각 까마득히 떨어져 홀로 있으면 미치고 말 거야. 그건 감옥이라고.

혜리 : (파카로 감싼 몸을 더욱 움츠리고 김을 길게 푹 뿜어 내며, 묵묵히 걷다가) 그럼 현서 넌 그런 능력이 주어지면 뭘 하고 싶어?

나 : (바보 같은 상상이라고 생각하면서도) 글쎄, 나도 내 별을 하나 만들지 뭐.

혜리 : 그래서?

나 : (혜리 기분 좋으라고) 거기에 목련을 가득 심겠어. 그러고는 엄마나 선생님을 우적우적하고 싶을 때마다 그 별을 타고 우주 곳곳으로 봄을 찾아 날아다니는 거야. 그럼 늘 기분 좋은 하얀 목련꽃을 볼 수 있겠지?

혜리 : (나를 쳐다보고 있다가 얘기 중간쯤에서 자기 발쪽으로 시선을 떨어뜨리며) 역시 현서 넌 긍정적이야. 부러워. (내가 뭔가 대꾸하려는데 두 손을 치켜들고 하늘을 올려다보며 큰 소리로) 아, 정말 내 별이 하나 있으면 좋겠다.

나 : (덩달아서) 나도.

아니, 내가 특별히 긍정적인 건 아니야. 난 왔다 갔다 하는 인간이라니까. 준호보다는 덜 왔다 갔다 하지만 그래도 왔다 갔다 해. 혜리가 나보다 좀 더 비관적이니까 내가 반대쪽에 서게 되는 것일 뿐이야. 자동차가 커브를 돌면 원심력에 휩쓸려 나가떨어지지 않으려고 몸을 반대쪽으로 움직이게 되는 것처럼.

우린 다리를 건너 아파트 단지 뒤편 오솔길로 접어들어 천천히 걸어갔어. 무슨 사고 같은 건 한 번도 없었지만 그래도 밤에 여자 혼자서 걷기엔 약간 부담스러운 길인데, 혜리는 나와 둘이서 그 길을 마음 놓고 걸을 수 있는 게 좋다고 했었어.

혜리는 오솔길을 한참 걷고서야 엄마를 우적우적해서가 아니고 요즘 고등학교 생각 때문에 신경이 날카로워졌다고 알려 줬어. 온통 대학 입시에만 신경을 쓸 텐데, 아무래도 선생님들과 싸우기만 하다가 자퇴하게 되지 않을까 하는 생각이 들었대.

"넌 성적 같은 건 해탈한 애 아니니?"

'해탈'은 농담 삼아 그냥 해 본 말인데 역시 뭐라 하더군.

"야, 정현서."

"알았어. 잘못했어."

"넌 이런 일에 해탈이라는 말이 어울린다고 생각하니?"

"잘못했다니까."

내가 보기에 혜리는 정말 학교 공부니 성적이니 하는 것들은 해탈한 애야. 별로 집착하지 않는 정도가 아니라 아예 무시해 버렸으니까. 아니, 무시하는 것도 관심이고 집착이라니까—도덕 선생님이 그러시더군—무시는 틀린 말이고, 바위처럼 아무런 반응이 없었다고 하는 게 좋겠어. 혜리는 자기가 원하는 대로, 하고 싶은 대로 하면서 중학교를 다녔어. 주로 책을 읽었고, 여행과 견학을 한다며 수시로 결석을 했고, 방학 때는 외가 쪽 친척들 집에 가 있다가 돌아왔지.

"난 대학 가기 위한 공부를 따로 할 생각이 없거든. 지금 와서 영어책 수학책 붙잡고 있어 봤자 되지도 않을 거고."

"넌 대학 갈 생각도 없다고 했잖아."

"그래, 솔직히 난 대학에 가고 싶지 않아. 백 퍼센트 그렇다고 하면 거짓말이고, 하기 싫은 걸 억지로 해서까지 가고 싶은 마음은 없다는 거야. 사실 나한테는 독서와 여행이 공부니까 그게 내 대학이지. 이제 제대로 된 독서와 여행을 할 거야."

"그런데 뭐가 문제라는 거야?"

"걱정이 된다니까. 날 가만 놔두지 않을 것 같아서. 어느 학교에 배정될지 모르지만 억지로 붙잡아 놓고 공부를 시킨다든지, 수업 시간마다 강제로 뭘 하라고 막 다그친다든지 그러면 못 견딜 것 같아. 금방 학교를 떠나 버릴지도 몰라. 난 내 방식으로 살더라도 어쨌든 고등학교를 마칠 때까지는 다른 애들하고 함께 흘러가자고 생각했는데 말이야. 그런데 입학도 하기 전에 자꾸만 그만두게 되는 생각을 하고 있으니 내가 한심하기도 하고."

난 혜리가 나한테 그런 얘기를 해 줘서 기뻤어. 그만큼 나를 편하게 여긴다는 것일 테니까. 하지만 내가 뭐 뾰족한 묘책을 들려줄 수 있는 것도 아니고 해서 갑갑했어. 고작 이런 말밖에 할 수 없었지.

"자꾸 나쁜 쪽으로만 생각하지 마."

혜리는 한동안 입을 다물고 천천히 걷기만 했어. 그러더니 갑자기 밝은 얼굴로 "네 말이 맞아" 하더니 우울한 얘기 들어 줘서 고맙다고 했어. 뭐, 좀 민망하더군. 난 그냥 듣기만 했지 아무것도 한 게 없었으니까. 그래서 순간적으로 두 갈래 길에서 망설였지. 엄청나게 분위기 있는—즉, 두드러기가 나려고 하는—말을 해 줄까, 아니면 준호처럼 까부는 쪽으로 확 틀어 버릴까 하고.

"야, 고마우면 떡볶이나 사 주라."

난 이쪽 길로 갔어.

우린 어두운 아파트 단지를 이리저리 걸어 나가 소방서 건너편 길가 포장마차에서 어묵과 떡볶이를 먹었어. 배가 고팠기 때문에 한동안 아무 말 없이 먹기만 했어. 혜리도 맛있게 잘 먹더군. 라면 한 냄비를 억지로 다 먹고 엄마까지 우적우적한 게 아니었던 거야.

혜리의 활달하고 밝은 모습을 보니 나도 기분이 좋아졌어. 문득 여기서 오랫동안 시간이 멈춰 버리면 좋겠다는 생각이 들더군. 그러니까, 어묵 통에서 무럭무럭 김이 피어 오르고, 아줌마가 떡볶이를 주걱으로 휘젓고, 우리 뒤로 사람들이 왔다 갔다 하고, 자동차 소리가 들려오고, 혜리가 조그만 분홍빛 입술 사이로 빨간 떡을 집어 넣고, 내가 어묵 국물을 훌훌 마시는 그 모든 일들이 계속 반복되는 거지. 매번 처음 하는 것처럼, 모든 게 지루하지 않고, 자꾸 먹어도 전혀 배가 부르지 않고 말이야.

난 막 새로운 떡 하나를 입에 집어 넣는 혜리를 바라보았어. 그러고는 혜리가 떡볶이를 입 안에 가둬 놓고 씩씩하게 씹기 시작한 순간 조그맣게 웃음을 터뜨리고 말았어. 고등학생이 된 혜리가 좌충우돌—괜히 집적거리는 아이들과도, 권위적인 선생님들과도, 떡볶이를 파는 학교 앞 가게의 인색한 주인 아줌마와도—맹렬한 전투를 벌이는 모습이 아주 생생하게 떠올랐거든.

'그래, 파이팅이다, 유혜리!'

난 소리 내어 웃으며 속으로 말했어.

'뭐, 타고난 대로 사는 거지. 같은 학교에 다니게 되지 않더라도, 한판 붙고 싶은 애나 선생님이나 아저씨 아줌마와 부딪칠 때마다 나도 이렇게 외칠게. 유혜리 파이팅!'

"왜 웃어?"

"아니야."

"아니긴 뭐가 아니야? 왜 웃었어?"

"아니라니까."

"아니야, 뭔가 있어. 빨리 말해."

"유혜리 파이팅!"

"뭐?"

"유혜리 파이팅!"

그제 일요일은 아침부터 하늘이 흐렸어. 몇 시간 뒤엔 밤처럼 어두워져서 불을 켜야 했지. 그리고 한창 점심을 먹고 있을 때 엄청난 돌풍과 함께 눈보라가 휘몰아치기 시작했어. 처음엔 밤처럼 어둡더니 조금 지나자 하늘이 밝아지면서 더 많은 눈을 퍼부어 댔어. 빛의 가루들이 마구 떨어져 내려서 지상의 모든 것들을 순식간에 하얗게 만들어 버렸지. 나무도, 자동차도, 건물도, 길도, 벤치도, 자전거도 모두 다.

혜리와 난 세 시에야 만났어. 사실은 눈이 내리기 시작한 순간 각자 숟가락을 내동댕이치고 달려 나가려 했었지. 하지만 엄마가 현관문을 막아 서며 못 나가게 했어. 혜리 엄마는 혜리를, 우리 엄마는 나를, 각자 자기가 낳은 자식을 꽉 붙잡았다고. 사실 바람이 장난 아니었거든. 한마디로 하늘이 확 미친 것 같았어.

그렇지만 딱 두 시간 삼십 분 뒤엔 언제 그랬냐는 듯 고요해졌어. 그리고 눈도 그쳤어. 파란 하늘 아래 하얗게 변한 세상 여기저기서 아이들의 외침 소리가 들려오더군. 꼭 아주 멀리서 들려오는 메아리 같았어.

 우리 집 앞에서 만난 혜리와 난 일단 걸어 보자며 아파트 공터로 갔어. 그리고 눈을 뭉쳐서 콘크리트 벽에 몇 번 던져 보았는데, 팍 하고 부서지는 모습이 근사하더군. 눈이 야광이라면 좋겠다는 생각이 들었어. 그러면 밤에 눈을 뭉쳐서 콘크리트 벽에 던지면 눈─불꽃놀이가 되지 않겠어?
 혜리와 난 눈을 동그랗게 뭉쳐서 마구 던졌어. 하지만 금방 지겨워지더군. 너무 단순한 짓이어서 말이야. 그래서 우린 사람들이 밟지 않은 곳을 찾아 우리 발자국을 찍으며 놀았어. 우리 주위에 광활한 눈벌판이 펼쳐져 있다고 상상하면서.
 우린 뒤에 나무들이 많은 8동 측면 벽을 올려다보았어. 까마득하더군. 그 좁고 길고 높은 시멘트벽의 끝에 눈길이 닿으려면 허리를 뒤로 완전히 꺾어야 했지. 허리가 약간 아프긴 했어. 하지만 콘크리트 벽의 끝에서 근사한 보답을 받을 수 있었지. 맑고 파란 하늘을.
 똑같은 하늘인데도 그랬어. 그냥 옆으로 눈길을 돌려 나뭇가지 사이로 보는 하늘보다, 앞이 막혀 있는 까마득한 콘크리트 벽을 한참 지나 그 위에서 만나는 하늘이 더 멋있었어. 혜리와 난 그 하늘을 보는 즐거움에 힘겨워하면서도 계속 허리를 꺾었어. 그러다가 우린 진짜 근사한 놀이를 발견했어. 서로 아무 말도 없이, 거의 똑같은 순간에, 정말이지 누가 먼저 한 것인지 가릴 수 없게, 마치 약속이라도 한 것처럼, 한껏 꺾은 채 버티던 허리의 힘을 풀면서 눈 위에 철퍼덕 넘어졌는데, 그게 엄청나게 재미있더라고.

그건 짧은 비행 같은 것이었어. 짧지만 아찔한 추락. 스카이다이빙 같은 것하고야 비교할 수 없겠지만 정말 짜릿했어.

그러니까 그건 이렇게 진행돼. 일단 목을 조금씩 젖히며 시멘트 벽을 타고 올라가. 계속, 계속. 그 다음엔 서서히 허리를 꺾기 시작하지. 계속. 그러면 허리가 약간 아파 오지만 멈춰서는 안 돼. 계속. 이윽고 벽의 끝, 그리고 그 너머에 있는 맑고 푸른 하늘에 도달해서 '야호!' 하고 외쳐, 속으로.

이때 몸의 긴장은 최고조야. 길어야 5, 6초쯤 버틸 수 있지. 몸을 옆으로 비틀며 일어서거나, 아니면 뒤로 떨어지거나 둘 중의 하나야. 혜리와 난 그 놀이를 발견하기 전엔 당연히 몸을 비틀며 일어섰어. 하지만 이젠 두 팔을 활짝 펴. 그리고 대지를 향해 몸을 던지는 거야. 이어서 아찔한 느낌과, 엉덩이와 등에 전해지는 기분 좋은 충격이 있고, 그 다음엔 포근한 눈 속에서의 안도감과 길게 들이마시는 상쾌한 공기가 있지.

앞서거니 뒤서거니 하면서 혜리와 난 계속 뒤로 넘어졌어. 하늘을 보고 대지에 드러눕고, 하늘을 보고 대지에 드러눕고, 하늘을 보고 대지에 드러눕고…… 힘이 들어서 그렇지 이건 전혀 지겹지 않았어.

난 큰 대자로 드러누운 채 혜리를 지켜보았어. 혜리는 내가 갔던 길과 똑같은 길을 걸었어. 까만 머리카락이 찰랑찰랑하는 목을 조금씩 젖히며 벽을 타고 올라가서 허리를 꺾더니, 파란 하늘을 본 순간 두 팔을 활짝 펼치고 "야—!" 하고 소리를 지르며 최대한 공중에 떠 있으려고 애쓰다가 눈밭으로 떨어져 내렸어. 그러고는 눈을 감고서 가만히 있었어. 색색 숨을 쉬면서.

난 발갛게 달아오른 혜리의 뺨과, 겉이 투명해서 속이 보이는 것처럼 느껴지는 분홍빛 입술을 바라보았어. 그 입술 사이로 뽀얀 김이 나와 차가운 공기 속으로 흩어졌지. 문득, 혜리 가까이로 다가가고 싶더군. 아니, 그냥 다가가고 싶었다기보다 만지고 싶었어. 손을 잡거나, 뺨을 쓰다듬거나, 하얀 김을 뿜어내는 입술을 손가락으로 막아 보거나 뭐, 그렇게.

그때 혜리가 번쩍 눈을 뜨더니—이때 난 바보처럼 움찔했어—'네가 무슨 생각을 하고 있는지 내가 다 알지'라는 눈길로 바라보았어. 그러고는 갑자기 벌떡 일어나더니 삽처럼 만든 두 손으로

모두 다 별 | 139

눈을 떠서 마구 퍼붓기 시작했어.

네가 보면 놀랄 게 분명한데, 혜리는 손과 손가락이 좀 크고 긴 편이야. 손 하나가 거의 말린 오징어만 해. 물론 다 자란 오징어가 아니라 새끼 오징어 말이지. 그래도 그걸 나란히 모으면 거의 삽처럼 돼.

난 혜리의 기습적인 공격에 정신을 차릴 수 없었어. 첫 삽질이 얼굴에 정통으로 맞은데다가, 눈에 눈이 들어가는 바람에 아무것도 볼 수 없었거든. 난 두 손으로 얼굴을 감싼 채 때를 기다렸어. 그러다가 마침내 쓰라렸던 눈이 그럭저럭 괜찮아졌을 때 벌떡 일어났지. 그리고 신이 나 있는 혜리를 향해 공격을 개시했어. 내 손도 나란히 모아 놓으면 한 삽 한다고.

우린 다시 이리저리 걸어 다녔어. 곳곳에서 아이들이 눈사람을 만들고 있더군. 경비 아저씨들은 눈을 치우고 있었고. 우린 아파트 단지 밖으로 나가 보았어. 길에는 아직 치우지 못한 눈들이 쌓여 있었고, 차들은 거의 다니지 않았어. 우린 개고기를 팔다가 망해서 비어 있는 가게 앞을 지났어. 그리고 동쪽 담에 뚫린 조그만 구멍을 통해 다시 단지 안으로 들어왔지.

단지 뒤편 오솔길과 주변 숲엔 사람들이 너무 많았어. 젊은 부부, 아이들, 연인들, 그리고 우리 같은 중고생들이 폼을 잡고 있더군. 우린 빠른 걸음으로 열일곱 쌍을 추월하여 숲을 빠져나간 뒤 무지개 같은 아치가 있는 다리를 건넜어. 할인마트 사람들이 재빨리 눈을 다 치워 버려서—그 사람들에겐 눈이 장사에 방해가 되니까—다리는 평소처럼 깨끗하더군.

우린 공원으로 갔어. 그리고 키 큰 소나무들이 모여 있는 조그만 동산 앞에서 준호를 발견하고는 함께 웃었어. 여기서 '함께'라는 건 '셋이 함께'라는 뜻이야. 이유는 모르겠지만 준호도 하하하 웃었으니까. 녀석은 아마 아무 이유 없이 웃었을 거야. 하긴, 나도 내가 왜 웃었는지 모르겠어. 혜리라면 뭔가 거창한 설명을 내놓을 수도 있겠지만.

"여기서 뭐 해, 혼자서?"

내가 묻자 준호가 말했어.

"혼자 아니야. 애들이랑 놀고 있다가 잠시 떨어져 나왔어."

"왜?"

"사람은 가끔 고독이 필요한 거야, 인마. 야, 유혜리."

"응?"

"나 배고픈데 컵라면 좀 사 주라."

"내가 너한테 컵라면 사 줘야 하는 이유를 대 봐."

"음…… 한참 고독했더니 뱃속이 추워요!"

혜리는 그 말이 마음에 들었던가 봐. 바로 돈을 내놓았어. 큰 걸로 세 개를 사라면서.

"단, 뜨거운 물을 담아서 파라솔 아래 예쁘게 차려 놓아야 해."
"나 혼자서? 너희 둘은?"
"우린 식탁이 차려질 때까지 산책을 하는 거지. 싫으면 말고."
"싫기는요, 아씨! 좋죠. 그럼 산책 많이들 하셔요. 하천에 빠지지 말고."

준호는 재빨리 혜리의 손에서 돈을 낚아채 편의점을 향해 뛰어가더니 뒤돌아보며 외쳤어.

"나, 가 버릴 거야!"

녀석은 몇 걸음 더 뛴 뒤에 다시 돌아보며 외쳤어.

"편의점 안으로!"

오 분 뒤. 혜리와 내가 소나무 둥치를 차서 눈을 떨어뜨리는 장난을 하고 있는데 준호가 소리쳤어.

"야, 어서 와서 먹어라, 자식들아. 불어 터졌다고 울고불고하지 말고."

우린 물기 없이 깨끗한 나무 의자에 앉아 김이 모락모락 피어오르는 라면을 먹었어. 정말 엄청나게 맛있더군. 쉬지 않고 이리저리 바쁘게 다니며 힘을 쓰느라 위장이 텅 비어 버린 탓이기도 했지만, 그보다는 손가락 하나 까딱 안 하고—혜리 덕분에—준호를 부려먹을 수 있어서 그랬던 것 같아. 내 쪽에서 뭔가 대가를 치르지 않고 이놈을 부려먹기는 정말 힘드니 말이야.

라면을 거의 다 먹었을 때쯤—그러니까 목적 달성을 하고서—준호가 혜리 '아씨'에게 대들었어. 고등학교를 졸업하고 세계 여행을 떠나는 게 당면 인생 목표라는 얘기에 대해서였지. 혜리가 그 얘기를 라면을 먹기 시작할 때 했거든. 하지만 준호는 그때는 아무런 반박도 하지 않았어. 오히려 호의적인 낯으로 혜리의 말을 들었지. 그랬던 이놈이 배를 채우고 나자 마침내 본색을 드러낸 거야.

준호는 라면 국물을 후루룩 마시더니 배가 불러서 만족스러운 아저씨처럼 말했어.

"어, 맛 좋다!"

그러고는 느긋한 표정으로 실실 웃으며 혜리를 바라보았어.

"그런데 아까 그 얘기 말이야."

"무슨 얘기?"

내가 혜리 대신 말했어. 혜리가 고개를 숙이고 있어서 준호의 눈길을 못 봤거든.

"좀 불공평, 아니지, 많이 불공평한 것 같지 않아?"

혜리가 준호를 쳐다보았어.

"나한테 하는 얘기야?"

준호는 느긋하게 고개를 끄덕였어.

"여자들은 속이 너무 편할 것 같아."

녀석이 다시 말했어.

"뭐? 무슨 소리야?"

어리둥절한 얼굴로 혜리가 묻자 그제야 준호는 본론을 꺼냈어.

"여자들은 군대 안 가도 되잖아."

"그게 뭐?"

"그러니까 세계 여행이니 뭐니 하는 꿈 같은 소리를 할 수 있는 거야. 여자들은 대학 안 가도 군대에 안 잡혀 가잖아, 아니야? 하지만 남자는 아니란 말이야. 대학 다니는 동안엔 면제가 되지만 대학 진학 안 하고 그냥 있으면 군대에 가야 한단 말이야. 만약 여자들도 군대에 간다면 고등학교 마치고 세계 여행을 하겠다느니 그런 소리가 가능하겠어? 상상도 못하지."

준호는 이어서 여자도 군대에 가야 한다는 얘기를 길게 늘어놓은 뒤 마이크를 혜리에게 넘겼어.

"야, 유혜리. 넌 자칭 타칭 엄청 논리적인 애니까 묻는데, 이건 정말 너무 불공평한 거 아니냐고, 응?"

난 입을 딱 벌리고 준호 놈을 바라보고 있었어. 이 녀석이 이런 식으로 차근차근 길게 따지는 건 흔히 볼 수 없는 모습이거든. 그것도 혜리를 상대로 말이야.

'이놈이 요즘 논술 공부를 한다더니⋯⋯'

내가 녀석의 말을 듣고 있는 동안, 혜리는 일찌감치 '논리적인' 여전사로 변신하여 준호가 입을 닫기만을 기다리고 있었어. 반짝이는 새까만 두 눈을 준호의 능글능글한 얼굴에 고정시킨 채 작고 귀여운 콧구멍을 최대한 넓혀 전투적인 콧김을 쉭쉭 내뿜으면서.

뭐, 흥미진진하더군. 혜리가 뭐라고 반박할지, 어떤 태도로 나올지—논리적인 여자 깡패? 인내심 많은 똑똑한 누나?—준호가 계속 준호답지 않게 나올지, 금세 자기 모습으로 돌아가서 논쟁이 불가능하게 되어 버릴지, 나한테로 불똥이 튀면 난 누구 편을 들어야 할지⋯⋯ 등등, 한 편의 연극이 막을 올린 거였으니까.

하지만 말이야, 그건 애초에 대본이 없는 연극이었어. 무슨 얘기냐 하면, 다행인지 불행인지 조금 뒤에 준호가 함께 놀았다는 우리 반 애들—승호, 주경, 효경, 성우, 영희 이렇게 다섯 명—이 참새 떼처럼 포르르 나타나서 제멋대로 자기들 대사를 읊어 대서 혜리의 입을 틀어막아 버렸거든.

"요 새끼 어디로 토꼈나 했더니 여기 있었네. 이거 네가 산 거 아니지?"

승호가 준호에게 말했어.

"당근이지, 자식아. 존경하는 혜리 아씨가 샀지."

준호가 웃으며 말하자 전투 태세로 들어서서 잔뜩 긴장하고 있던 혜리가 맥 빠진다는 듯 픽 웃었어. 그래, 싸우지 말자, 하고 속으로 다짐하는 듯이.

그런데 아이들이 컵라면, 따뜻한 음료수, 소시지, 아이스크림 등을 사 와서 눈 구경 나온 걸신들처럼—네가 만약 '걸신'이 뭔지 모른다면 국어사전을 찾아봐—먹기 시작하자 준호가 다시 군대 얘기를 꺼내는 거야. 그러자 즉시 참새 떼들이 옥신각신 난리도 아니었어. 음식 먹으랴 한 마디라도 더 하려고 혀를 놀리랴 그야말로 '걸신들의 식사'였어.

하지만 혜리는 거의 말을 하지 않았어. 아니, 포기하고 못했다고 하는 게 옳겠어. 승호, 주경, 효경, 영희 애들도 한 입 하는 애들인데, 이 녀석들이 속사포처럼 중구난방으로 마구 떠들어 대서 도저히 끼어들 수가 없었거든. 몇 번 끼어들긴 했지만 애들이 혜리가 자기 논리를 충분히 펼 수 있는 시간을 주지 않았어.

재미있는 건 그 난리법석의 와중에서도 우리가 결론을 내렸다는 거야. 그걸 요약하면 다음과 같아.

'군대는 군인이 되고 싶은 사람만 가게 하고 대신 월급을 많이 주자. 돈이 부족하면 세금을 더 내서라도. 그렇게 하면 모든 게 해결된다. 여자들도 본인이 원하면 군대에 가서 군인이 되고 월급을 받아서 생활하면 된다. 세계 여행을 하고 싶은 여자는 군대에 갈

필요가 없다. 단, 사람을 죽이는 서바이벌 게임을 좋아하는 애들은 모두 군대로 보내자.'

 넌 어떻게 생각해? 너, 혹시 사람을 죽이는 게임을 하면서 너무 재미있다고 고래고래 소리를 지르고 가끔 쾌감을 못 이겨서 까무러치기도 하는 놈 아니야?

 먹을 것과 떠들 거리가 함께 떨어지자 다들 몸을 움직이기 시작했어. 우린 어슬렁거리면서 나무를 차서 눈이 떨어지게 하기도 하고, 눈을 뭉쳐서 던지기도 하고, 우리가 진학하게 될 고등학교에 대해서 들은—예컨대 ○○고등학교는 두발 지옥이다, 애들 머리를 죄수처럼 하얗게 민다더라 같은—얘기들을 주고받으며 삼십 분을 보냈어.
 삼십 분으로 족했어. 준호가 말했듯이 나도 이제 슬슬 고독해지고 싶었어. 표정으로 봐서 혜리는 진작부터 고독해지고 싶어했고. 혜리와 나뿐만 아니라 다른 애들도 그랬을 거야. 이미 오랫동안 서로 붙어 있었으니까. 그렇게 계속 붙어 있으면 원인 모를 폭발이 일어나기도 하지. 혜리와 난 영희와 효경이 집에 가야 한다면서 작별을 고한 순간 함께 떨어져 나왔어.
 "그래, 잘해 봐라, 잘해 봐."
 혜리와 나의 등에 대고 이렇게 말한 건 당근 준호였지.

남은 애들은 눈사람을 만들기 시작했어. 그래, 그렇게 뭔가를 함께 만드는 게 좋지. 그래야 바빠서 안 심심하고, 안 고독해지고, 또 안 싸울 테니까.

맑은 햇살에도 불구하고 눈은 거의 녹지 않았어. 황혼이 지면 바뀌겠지만 아직 세상은 하얗게 하나의 색깔이야. 하지만 그 하얀 색깔 속에 여러 가지 다른 빛깔들이 있음을 난 알지. 그것들은 결코 같은 게 아니야. 같지 않기 때문에 나무는 나무고, 자동차는 자동차고, 건물은 건물이고, 길도 벤치도 자전거도 다른 것이 아닌 바로 길이고 벤치고 자전거인 거겠지. 혜리가 혜리이고, 준호가 준호이고, 참새들이 참새들이고, 내가 나인 것처럼.

문득, 우리 중학교에서 몇 명이나 같은 고등학교에 가게 될지 궁금증이 일었어. 그중에서 나하고 친한 녀석들이 몇 명이나 될지 말이야. 혜리하고 준호가 같은 학교에 배정되면 최상이지만, 운 나쁘게 나랑 사이가 안 좋았던 애들이 같은 고등학교에 배정되면, 그것도 같은 반에 들어간다면? 당근, 쥐약이겠지?

하지만 이런 경우는 어떨까? 너도 한번 생각해 봐. 네가 배정된 학교에 네가 아는 애가 단 한 명도 없는 거야. 물론 현실적으로 이런 상황은 있을 수 없지만 그냥 가정해 보자고. 그런데 알고 보니 딱 한 명, 너랑 사이가 가장 나빴던 애가 있다면? 그것도 1학년 1

학기에 한 반이라면? 그럼 기분이 엄청나게 나쁠까? 불안할까? 무서울까? 하지만 혹시, 조금이라도 위로가 되지는 않을까? 어쨌든 '아는' 애이긴 하니까. 아닐까? 넌 어떨 것 같아?

"야, 유혜리. 아무리 그래도 지구에 다 함께 모여서 사는 게 좋은 것 같지 않아?"

내가 말하자 혜리는 무슨 얘기인가 하고 바라보더니 곧 알아차리고 싱긋 웃었어.

"아, 글쎄, 그게 그래. 왔다 갔다 해."

난 혜리에게 3학년 때 한 반이었던 애들의 이름을 다 말할 수 있느냐고 물어보았어. 별 생각이 있었던 건 아니고 그냥 그런 생각이 불쑥 떠올랐어. 뜻밖에도 혜리가 둘이서 함께 해 보자고 하더군. 그래서 우린 조금 전에 보았던 참새들 즉 승호, 주경, 효경, 성우, 영희부터 시작해서 한 명 한 명 기억해 냈어.

좀 멋을 부려서, 애들 이름 하나하나가 다 별이야, 라고 혜리에게 말해 보고 싶었지만, 그렇게는 못했어. 솔직히 마음이 내키지 않았거든. 유치하고 낯간지러운 소리 같아서 두드러기가 나려고 했으니까.

하지만 뭐, 모두들 고등학생이 되어서도 잘 지내기를—가끔 스스로 인생을 끝내 버리는 애들도 있는데, 절대로 그러지 말기를—

빌기는 했지. 아주 정색을 하고 유치원생처럼 한 건 아니고 그저 두드러기가 나지 않을 정도로만 했어. 까닭 없이 나를 괴롭혔던 애들은 잘못 지내도 괜찮으니까. 이건 진심이야. 난 성인군자가 아니라고.

"정말이지 세상엔 사람이 참 많은 것 같아."
혜리가 말했어.
캬, 정말 옳은 소리 아니니? 이건 진리야, 진리! 그렇지 않아? 세상엔 정말 엄청나고 믿을 수 없게 사람이 많아.
혜리는 내 마음을 어떻게 알아차렸는지 이렇게 덧붙였어.
"반짝반짝 빛나는 별들처럼!"

작가의 말

 봄에는 봄비가 오고, 여름에는 여름비가 오고, 가을에는 가을비가 오고, 겨울에는 겨울비가 오지. 안 그래? 하지만 겨울에 봄비가 오고, 여름에 가을비가 오고, 봄에 겨울비가 오고, 가을에 여름비가 와도 좋지.

 마찬가지로, 난 내가 차린 이 조그만 식탁이 추적추적 비 오는 날 조그만 튀김집 구석에서 아삭아삭 씹어 먹는 깻잎 튀김 같은 것이기를 바라지만, 네가 매콤한 떡볶이나 치즈를 듬뿍 뿌린 피자나 가마솥에서 막 긁어낸 누룽지처럼 먹어 준다면 더 기쁠지도 몰라.

 뭐, 귓갓길 저녁 바람에 실려오는 방금 구워 낸 따스한 빵 냄새가 되어도 좋고, 김밥 네 개를 한꺼번에 꿀떡한 뒤에 차가운 콜라처럼 벌컥벌컥 마신들 또 어떻겠어? 다슬기를 넣고 보글보글 끓인 된장찌개가 되어도 좋지. 사락사락 눈 오는 날 먹는 아이스크림은 말할 것도 없고, 무더운 여름날 따끈한 밥에 올려서 먹는 푹 익은 파김치라면 박수를 치게 될지도 모르지.

 이렇게. 짝짝짝. 짝짝짝. 짝짝짝. 짝짝짝……

2008년 6월

이상운